La frontera de metal

I. La sombra

Jaime Romero Robledo

La frontera de metal

Autor: Jaime Romero Robledo

Averito Editorial

2a. edición, 2014

ISBN-13: 978-1505818710

ISBN-10: 15058187710

(1ª. edición impresa, Septiembre 2011, Averinto Editorial, México)

Averinto Editorial

Trasviña y Retes 1311

Col. San Felipe

Chihuahua, Chih., México

averintolibros@gmail.com

© La frontera de metal, Todos los derechos reservados

Jaime Romero Robledo, 2006-2014

(El autor agradece el apoyo en la escritura del presente libro a la beca nacional Jóvenes Creadores FONCA México, al Laboratorio Fronterizo de Escritores Tijuana-San Diego y a la beca David Alfaro Siqueiros de Chihuahua para creadores con trayectoria)

PROLOGO DEL AUTOR AL PRIMER VOLUMEN DE LA FRONTERA DE METAL: "LA SOMBRA"

Escribí la mayoría de los cuentos de "La frontera de metal" enojado. Con los Estados Unidos, con mi papá, con mi país, conmigo. Veo esta entrega como una primera etapa de un libro sobre la frontera más extenso, en donde las siguientes partes no estarán basadas, entre otras actitudes, en el rencor.

Leyendo estos relatos se puede afirmar que hay una agresión diaria del gobierno norteamericano a la población mexicana; que hay una agresión diaria del gobierno mexicano a la población mexicana, que hay una agresión diaria de la población mexicana a la población mexicana, que hay una agresión diaria de la población americana a la población mexicana, y, al menos verbalmente, hay una agresión diaria de la población mexicana a la población estadounidense. Lo real sumado a mis prejuicios de lo real. Mi hostilidad. La necesaria hasta cierto punto tal vez. Ante las bombas y la masacre de culturas y pueblos enteros, al exterior y al interior.

Pero generalizo, y olvido la empatía.

Me fugo. Constantemente. Hacia miles de lados para no aceptar que la cuestión es más sencilla: soy yo. Coloco una barrera para no dejar pasar a los demás, y así ir muriendo lentamente en el desierto de metal.

UN VIAJE A EL PASO

Mis tías no encontraron los pasaportes. Yo digo que han de estar en una hendidura aunque sea imaginaria, ahí atorados hasta que muevan un bote o una blusa, más allá, y aparezcan. Quedaron de venir a dejar su carro aquí a las diez pero llamaron a las nueve, que nos fuéramos, no aparecen por ningún lado. Nos lanzamos a su casa, mi madre y yo las ayudamos, pero no es tan fácil, me topé un sobre con dinero y mi mamá se topo un, no es cierto, se topó unas medallitas y sentimos que nos estábamos entrometiendo y mejor las convencimos para que se fueran con nosotros de cualquier forma, que ya dos veces a mí se me había quedado la mica y sí me habían dejado pasar. Es nomás cosa de que en la pasada te toque uno de esos gringos buena onda y no un pocho agrandado. Ándenles, mi tía Rome ya las está esperando. Es una delicia viajar con mis tías a El Paso. Me dan por mi lado cuando les digo constantemente que el desierto es una chingonería, no con esas palabras, que todo el camino Chihuahua-Juárez es una maravilla desde que uno sale (si en vez de bajarse uno solamente a mear, agarrara camino, qué fascinante cambio tendría el viaje). Mis tías platican a dos voces lo que nadie podría platicar a una, y así en contrapunto me cuentan las telenoverlas. Mi mamá se duerme tan a gusto en el camino, cierra los ojos y adiós copiloto. A veces pasan formaciones rocosas (van a madre) o, cadenas montañosas, chingue su, que impresionan sobre todo a la visión del que maneja. Mis tías no sé si noten estos breves involucramientos con la realidad circundante. Y es que hay tanto que ver en el desierto, que no se necesita que los arbustos estén verdes por las lluvias para que mis tías por fin acepten que está muy padre el paisaje. Lo que sí, que hayan aceptado venir sin pasaportes con la esperanza de no tener problema en el puente al paso se me hizo un gran acercamiento de ellas a la vida excitante. Pero, ¿funcionaría? Traté de ordenar bien mis propias experiencias, verificar bien lo que había pasado en esos antecedentes positivos que fueron la piedra angular de nuestro convencimiento. Y aunque estaba matizando algunos detalles, sí, efectivamente, de entre tantas historias de agentes tan cuadrados como cubitos, me había topado yo con unos que eran excepcionalmente buena onda, el estilo de gringo que tal vez fuma, en secreto y en su casa, marihuana. ¿De qué otra forma se podrían sentir tan bien trabajando en la aduana de un país con un gobierno paranoico? ¿Qué no habrán oído nada sobre la libertad de paso? Y por eso, detrás de todas las pláticas y detrás de todos los paisajes, mis tías iban preocupadas. Pero se aligeró la cosa en Villa Ahumada. Con unos burritos de ahí el que no se aliviana es una sombra. Y ya más contentos nos lanzamos a la última hora y cacho del camino, donde ya se empiezan a agarrar las estaciones chidas del paso. El national public radio, como una hora nacional pero las veinticuatro horas, y padre, es una de esas vías que la gente de allá tiene para enterarse de lo que difícilmente se resolverá y para entretenerse con jazz y música clásica. A mís tías no sé si les guste la música clásica. Cuando salimos a la carretera nuestra propia radio universidad puso las suites para violonchelo tocadas en tololoche, y sonaba bien cabrón y mis tías cuando voltié podían soñar profundamente en una calma paralela al gran desmadre que traía el músico; bah, tal vez la lentitud entre las cosas y el paisaje, el tiempo a veces se asume mejor soñando o escuchando música, y si yo me ponía a soñar también, pues good night and good luck, así que a sublimar un poco el viaje, encontrando un inicio del viaje, las suites esas, pero aquí ya vamos en las dunas, y cuando pasas por ahí hay un letrero ves Dunas en movimiento, y tú ay sí no mames, y das una curva y ay güey, un pedazo de duna esparcida en la carretera y pasas a madre o frenando o como se pueda, y recuerdas más cosas que alguna vez pasaron y cómo reaccionaste, y no sabes cómo no se voltearon aquella vez, y ahora sería bueno parar el carro y detenerse en las dunas, pero ya empieza el tiempo oficial para preocuparse, y para querer aligerar con uno de los dos o tres comentarios de siempre, esta vez la de que unos amigos saben de una casa abandonada en medio de las dunas y si te quedas ahí en una noche de luna llena se ve como en el día, luego una versión sin nombres de aquella vez a los doce años que la mamá de Jorge se paró y entramos a las dunas y todos nos aventamos rodando desde lo más alto, Gerardo de marometa, torciéndose el cuello, tal vez en cada marometa. ¿Dónde habrán quedado esos batos? Estaría bueno saludarlos. A ver si luego me los topo en Chihuahua. No sé si mis tías se quedaron esperando otro comentario. Pasamos por el tejaban aduanal del treinta, cuando vas a ciudad Juárez ahí nadie dice que te pares, luego pasamos a un lado de la antigua carretera, vemos las ruinas del veintiocho, el viejo pabellón aduanal en la carretera de la infancia. Los veintiochos y los treintas son como para que vayas calentado aduanalmente hasta llegar al tope americano ¿qué traen? ¿a dónde van?, y el etcétera es lo que tú no quieres, tú déjame pasar y lo demás es mi vida, sí pero tú etcétera es en el etcétera de un país al que estás entrando, me dio hueva contestarle al aduanal imaginario y regresé al carro con mis tías, iba a seiscientos por hora, bajé la velocidad y no por eso, sino porque estábamos entrando a Juárez, y no por eso, sino porque no traían sus pasaportes, mis tías iban rezando. La fuga la empieza una, luego entra mi otra tía, y así se van turnando las partes. Amén. Yo hago como que me persino. Esta no es una de esas persinadas especiales que uno que ya dejó esas costumbres se guarda para casos que demandan más del destino, como un cazador guarda sus balas a menos que le salga un oso y lo cague de miedo. Así que hice como que abrí el mueble de madera fina donde guardo mis bengalas celestiales y en vez de eso pedí a la fortuna un sencillo gesto de buen vecino. Dos tías de setenta y tantos y ochenta años, a visitar tres días a una hermana enferma, que vive sola con su marido en El Paso; comprarán de sus tiendas, comerán en sus restaurantes, activarán su economía, pero realmente no había nada que pudiéramos hacer excepto esperar un milagro. Cuatro posibles milagros, cuatros puentes, cuatro murphys tin marín de la campana aleatoria de carros esparcidos a ver qué suerte te toca, como en los juegos, la mujer feroz, el pocho bonachón, el pocho malvado, el gringo que da permisos para ir a un concierto, los gringos que no dan permisos a ninguna parte, los gringos que hablan poco o mucho español, los gringos que hablan poco inglés, todos más o menos aún fascinados con los martillitos que les dieron, le pegan aquí, le mueven allá, abollándote imperceptiblemente todo el carro, luego abren la cajuela, y aunque son pocos los que se pasan de lanzas, qué hueva es esperarlos sobre todo en días de fila larga y calor, cuando ya todo lo que quieres es llegar al air conditioner de una casa o de una tienda, y estos batos también me valen madre y uno pita y se las raya para ver cuál agente de cuál caseta agarra el reto y sin querer revisa media hora a un solo carro. Nosotros revisamos nuestra versión de la historia, se dieron cuenta ya en la fila que no los traían, y lo cierto es que lo guardan en una misma carterita y entonces que una de ustedes se trajo otra bolsa y se les quedaron. La cosa va en inglés para que se den un quemón de cómo les podemos nosotros hablar si es necesario, y ahí vamos, el flash que dicen toma fotos a las placas, y llegamos a un inusual punto en el que casi podemos decidir si nos vamos con el agente del carril izquierdo o la del carril derecho, una mujer con cara de actitud inefable, pero resumible a un primitivo gesto de ferocidad y arrogancia, ojalá terminen de revisar primero al de la izquierda, al de la izquierda, ¡no!, ¡ya nos tocó!, ándale gordito dile que se vaya para que pasemos, ándale rápido, ¡no, ya nos tocó!, ¡ya nos tocó la p i n c h e vieja!, y mi madre nunca dijo pinche pero cuando todos piensan se oye, pero en el último momento también se va por fin el carro de la izquierda y con un discreto movimiento del volante y un pequeño acelerón avanzamos cinco metros y estamos ante el agente americano que se ve amable, y yo me aviento mi rollo en inglés y no ruego, explico sin decir que por el momento los pasaportes están perdidos lo cual les significaría un castigo de un año para que vuelvan a ser expedidos, nos ve, lo veo, mis tías no sé qué hacen, el agente saca un cartoncito naranja fosforescente y dice que no se puede, y lo pone en el parabrisas, sin el documento para cruzar no puede hacer nada, nos pide que avancemos hasta el número cinco, ahí donde están esos agentes, llegamos al cinco y ahí dos agentes blancos de veintitantos, les volvemos a presentar nuestro sencillo e inofensivo caso aduciendo que hay una base de datos donde claramente dice mis tías tienen pasaportes y que ellas tienen documentos para identificarse y que ni van a aterrorizar a nadie ni se van a ir al campo a trabajar, que su hermana está enferma y la quieren acompañar unos días, nomás eso, me estás pidiendo que rompa la ley, lo dijo en español bien y luego el otro lo dijo en inglés y se equivocó

You´re asking me to *broke* the law?

No te estamos pidiendo que rompas la ley, sino de que hagas una excepción. Luego el que no se equivocaba me vio muy machito y dijo tienes que tener cuidado porque eso de pedir excepciones se puede parecer a "bribing". A ver, define bribing, ¿Y a ver tú qué status tienes?, me quiso amedrentar de nuevo, y empezamos los dos a decir pendejadas, y mis tías y mi mamá a decirme que ya no le siguiera porque luego hasta la visa me quitaban, entonces otro agente mandó decir que le diéramos hacia donde nos abrirían la cadena para que nos regresáramos, y antes de abrir la cadena un amable hermano pareció acercarse para interceder pero sólo quería echarnos la mirada del mamerto desarraigado antes de hacernos regresar a nuestro país, mismo que ya dando vuelta está unos metros adelante.

Hay unas flechas que dicen Juárez centro y tras encontrar un retorno llegamos al puente de cuota y ora nos toca un tipo que nos escucha tranquilo y nos dice, ¿quiénes no traen su pasaporte?, ellas, y pone cara amable y nos escucha y asiente. Y todo es muy afirmativo y esperanzador, no hay una ceja que diga no pasan, y nos dice que por favor vayamos hacia esos agentes pero llegamos ahí y no pasa nada, nadie viene a decirnos nada, por un momento será que nos dijeron que podíamos pasar y estamos aquí perdiendo nuestro milagro, pero entonces llegan dos agentes en una van que dice Inspections y uno se baja y nos dice que los sigamos para ir al puente de regreso, que está a unas cuadras, y llegamos más pronto de lo que hubiéramos querido a la calle de retorno, donde la van se detiene y echa reversa para no entrar, y yo todavía no entro porque en eso mi madre y mis tías han visto desde ahí que en la caseta de salida cobran un dólar noventa y están sacando el cambio exacto y yo pongo la mano hacia atrás esperando el cambio pero sin entrar a la calle que se convierte en puente de regreso, y los gringos en la Van posicionados una cuadra atrás, en mi lado ciego pueden ver que no me he incorporado a los que van de regreso, que todavía, si se hubieran descuidado y se hubieran regresado confiados a su otro puentecito nuestro carro cruzaría la calle salida y seguiría por la calle todavía dentro del paso, llamada nuestra tierra porque desde hace un chingo aquí también hay familia. Pero no, todavía la mayoría cuando quieren ser culeros, son rectos y abusados, y se quedaron ahí viendo, hasta que ni pedo, en mi mano hubo un dólar noventa y le tuve que dar y meterme a la fila y bromear con el que recibe los peajes, y decirle riendo que fuera nuestro cómplice para cruzar a unas tías que olvidaron sus pasaportes, para luego ver una risa mamona con una negación paternalista de la cabeza, y un segundo después cuando avanzamos se prendió y sonó una pequeña sirenita roja, como una chicharra de alarma en la caja del super. Tal vez no era para nosotros, pero si acaso lo era ¿cuál era nuestro status? ¿A la próxima ganaríamos dos sirenitas y dos chicharrazos? Ni modo nosotras nos regresamos en el camión, ¿a qué nos quedamos en Juárez? No tías, todavía falta el puente de Zaragoza, y claro, Santa Teresa pero ya ahorita nos queda muy lejos, uy, sí, Santa Teresa está ya muy lejos; no pero si Zaragoza está otra tanto, y es hasta el otro lado de la ciudad, mejor ya no, ya llévennos a la central; no hombre, ahí en Zaragoza última oportunidad, vamos, me estaciono y ustedes no se bajan, voy y les pregunto si hay alguna vía legal para que ingresen por tres días, ustedes dicen que antes se podía, no pero ya hace mucho, miren ahí dice puente Zaragoza, y si no, pues duermen hoy con Salvador en Juárez y mañana las llevamos al camión, sí para que no se cansen de tanto viajar, te dije que no nos viniéramos, que no nos iban a dejar pasar, pues si a este chavo lo dejaron pasar dos veces, sí, pero desde lo de las torres hombre, cada vez están más sangrones, pero no tías, no crean que tanto, yo en navidad vine y super tranquila la pasada, pero bueno, ya le dí por aquí, déjenme convencerlas. Y llegamos al puente Zaragoza. Me estacioné, me bajé y primero fui con los agentes que revisan los pasaportes de los de a pie. Soy un mal actor, pero que preguntara allá adentro y que van a decir que no, y entré y me paré en la fila marcada por tubos y bandas elásticas detrás de una chava muy bonita que me sonrió como calando el hablandador de corazones, y luego la llamaron, y luego de un rato me llamaron a otra ventanilla, detrás del vidrio estaba un oficial que viéndolo bien se parecía mucho a mi tío Héctor Balderrama, tal vez hasta tendría las mismas experiencias de la segunda guerra mundial, con familia en ambos lados del río bravo, y amable. Me explicó que desde el nine- eleven está muy difícil, que hay un procedimiento pero es para las personas que no tienen visa y tienen un familiar muy enfermo en un hospital y eso no siempre, y en este caso es más difícil, o más sencillo, que vayan a Chihuahua por los pasaportes, y yo le digo que entiendo perfectamente, que ustedes están cumpliendo con la ley, pero que era algo muy sencillo, y otra vez se lo explico. Me dijo que a Washington no le importa eso, que le gustaría poder ayudarme pero no podía.

Así que al día siguiente muy temprano mi tía Rosario pasó por mi tía Rome y ellas fueron las que cruzaron de allá pa cá y se estuvieron al menos toda la mañana en Juárez, visitando a mis tías en casa de Salvador, mi hermano. Luego fuímos todos a comer unos tacos, y al final llevamos a mis tías a los camiones.

Y pasarían por el desierto, y se purificarían con lo no humano.

EN UNA TROCA NEGRA

Se me hace que alguien está en el cuarto de enseguida, y sabe que vengo escapando. Me cortaron los frenos de la troca. Pero me la pelan. Estoy a quince horas de Juárez. Ahí creció mi padre. Yo vengo a renacer o a salvarme. Pinches gringos, algunos. Son un chingo. Me cortaron los frenos de la troca, pero esa madrugada mi padre, o yo, después, del trabajo, presentimos, quién sabe, revísala antes de arrancarte. Me cortaron los frenos de la troca durante la noche, culeros, pero bueno, pensaron que podían.

Yo también pensé que podía. Diez mil dólares tirados a la experiencia, pinche abogado y pinche vieja. Pinche Marilyn, pinche Marlin más bien, como comía la cabrona y cómo le gustaba coger. Eso estuvo bueno, aventarte tu propio riski bisnes, cogiendo en la escalera y todo, pero el trato era diez mil dólares, el casamiento y luego de un año los papeles; a huevo, a poco así nomás uno se va a arrimar a una fodonga de esas. Y claro, se quiso quedar con todo el paquete, pero ni madres, ¿tú crees que yo iba a estar con una morra así "para siempre"? Ni de pedo. Y claro, el hermano escuchó la versión de ella, no sé, you know, I wanted to make some dough on him but now I wanna keep fucking him forever y el hermano, my sister dear, dont worry, y su pinche hermano empezó a joderme con que volviera a la casa de la gorda más rubia, pero ya había pasado más del año y nada, yo no era "americano" aún, y luego el pedo para el divorcio, pinche vieja.

Total, ahí ya no se iba a armar ni madre. Vengo en la troca, estaba a nombre de ella, y mío, pero a la chingada, regreso a mi tierra y abandono la troca en la frontera. Me espera mi noviecita. Le mandé unas fotos, salgo yo y atrás la troca, chingona recién comprada. Brilla la cabrona. Pero ni pedo, la troca a final de cuentas vale madre. Lo que no vale madre es que hayan pensado que yo iba a salir a morirme ese día y llevarme de paso a unos cristianos. Vayan a cortarle la manguera a su chingada madre. Pinche motelito, siento que me escuchan, que en el cuarto de enseguida me están oyendo, lo presiento. Para mañana estoy en Juárez, no sé bien cómo va a ser todo allá, pero aquí ya no da para más, siento que saben que estoy aquí, ya van dos veces que oigo ruidos como que un carro se estaciona o prende las luces aquí enfrente y abro la cortina pero no alcanzo a ver si hay alguien en el carro, ese carro no estaba aquí hace una hora, ya valió madre, lo saben, me rastrearon, me vienen persiguiendo, o ya vienen por mí y mandaron alguien para que no me fuera, pero de aquí puedo ver la troca sin que me vean, en una de esas de repente salgo y me meto a la troca y no dejo de manejar hasta que pase el puente y vea lo feo que debe seguir siendo esa ciudad, lo bonito que voy a sentir cuando vea esa pinche ciudad fea, polvosa, pero polvo hay en todos lados, y hay menos nieve, pinche nieve, ya me tiene hasta la madre, ya no es la excepción, los dos días al año, los bolazos y las corretizas, no; aquí es puro palear y palear en las mañanas, y hacer corajes todos los días, y resbalarse, y manejar despacio, y a veces, de repente, cuando ya pasó todo lo peor, ver los pinos nevados y justificar el frío y la chinga diaria y la distancia. Pero ya nada más quince horas, y métanse su país por donde quieran. Al menos por un rato, porque luego la cosa se pone buena, y ahí viene uno de regreso, pero a otro estado, con otro patrón, con otros paisanos, con otros bares, con otros safeways y otros markets pero siempre los mismos para ir a comprar fruta brillosa y encerada, frutas de arena, insípidas de a madre, pero eso sí, vistosas y bonitas, como si se las comiera uno con la vista, como si nada más fueran para los ojos. Aquí tienen la boca en los ojos, por eso engordan tanto, todo lo que ven se lo atragantan, pero no conocen los sabores reales de nada, nunca los han probado, saben el color exacto y la forma de la comida, pero adentro están tan insípidos como lo que comen. O todo es sabor artificial.

Afuera está la troca negra, como un caballo esperando, como sabiendo que hay que escapar, como sabiendo que no ha sido lo mejor pero diciendo ni pedo, así es esto, ya está decidido, no me voy a quedar a medio camino, que es como decir el camino entero, porque luego para irse de un lugar, así dijeron muchos, nomás de paso, y la vida se los tragó metidos en un pueblo extraño, metidos a sobrevivir con los paisanos, arrejuntados en una cantina, para recordar y olvidar. Pero a mí lo que me queda olvidar es todavía poco, todavía estoy a tiempo. Voy a salir de una vez por todas. No sé qué van a hacer los que me acechan. Si me persiguen, o me disparan, allá ellos. Si dejan que me suba a esa troca, no me paran.

Ahí voy.

EL ENCUENTRO

El camino está oscuro en las primeras calles pero poco más allá puede andar sin temor, la luz aparece y respira, llega a su casa, deja su bolsa en la mesa, va a lavarse, recorre el sitio que es la palma de sus pies, va del pequeño cuarto a la cocina, calienta agua, al día siguiente no habrá nada qué hacer, nunca hay nada qué hacer. Ese trabajo apenas cuenta, todos los días dar lo mejor, comer ir a perderse en las horas que se van haciendo. Regresa. Se desnuda se abre por un momento queda abierta nadie está ahí. Quita del espejo ropa seca, la mujer llega a su casa, deja su bolsa, va a su cuarto, vuelve, sale a ver si hay alguien, nunca llaman a la puerta. Tocaron. Vino un hombre ya muy tarde a pedir algo, tuvo miedo pero abrió. Dijo ser hermano de Cecilia, la del piso de arriba, que ella estaba en un problema que le agradecería en el alma un pequeño préstamo para ir a llevarle gasolina, el hombre se portó de lo más amable, a ella no le hablaban así en mucho tiempo, el hombre al recibir el dinero no se apenó. Antes del encuentro había pasado todo: Desde la maldita dependencia hasta los insomnios del desarraigo, o del intento del desarraigo; quitarse a Martín de la cabeza no sería fácil, tantas veces lo pensó, envuelta entre la sábana y no sabe cuántas lágrimas había derramado ya por aquel treinta de marzo cuando le entregaron el departamento, el parteaguas, se le ocurrió decir a una conocida al despedirse, y debía serlo; el lugar nuevo se veía tan agradable, tan jardines de rosas, tan suficiente, se dijo cuando firmó el contrato, esperando a cambio de su firma que la mudanza ayudara a la otra mudanza; salir del presente que se alargaba sin tregua; presente-pasado. Había que entender que el cambio era para salir de eso, para empezar a vivir en el único tiempo que le quedaba, y para eso se había propuesto varias cosas; ver los viejos muebles como nuevos, repararlos, cubrir las marcas de cigarro, todos los objetos por donde se caía muy fácil hacia allá, la luz de lo que alguna vez llamó pasión, amor (hasta aquel día que por fin lo supo, y se sintió como las víctimas de una tragedia natural: ayer todo, ahora no). Poco después, en una calle cualquiera vio los departamentos, austeros sí, aunque diferentes, arrinconados, y ese lugar habitó en ella como la única posibilidad para sentirse habitante en algún sitio; sólo fue cuestión (se dice fácil) de esperar la cuenta regresiva para que llegara ese treinta de marzo, fecha que intentaría convertir, con las fuerzas que aún le quedaran para desear cosas, en día cero, año cero. Vio gente salir y entrar de apartamentos, nunca tan cercanos como para presentarse pero sin dejar todos de ser lo más cercano a un anfitrión.

Los días siguientes fueron de organización, comprar la cantidad de futuro que aún tuviera al alcance; un juego de tazas, un perchero; había que seguir adelante. Sus ojos siempre en el final; después de trabajar, de ir a leer, la noche, el tapete Bienvenidos, en la cara daba esa palabra, abrir la puerta, entrar, el cuarto, olvidarse en el sueño; y la noche del encuentro había dudado que llamaban a la puerta de su casa, pasadas las doce en su reloj, vio la hora con sospecha, esperando que algo más extraño sucediera para corroborar que la puerta sonaba en algún escenario de un sueño; pero estaba despierta, al levantarse vino como un rayo el nombre de Martín, nada era claro, tuvo miedo; mucho más cuando notó por la mirilla que se trataba de un desconocido. Entonces volvieron a tocar y no supo mejor cosa que preguntar quién es, que para el caso un Jorge o un Daniel habrían sido lo mismo. "Soy Gustavo, hermano de Cecilia, la del piso de arriba". Como si el gesto defensivo fuera suficiente para defenderla en caso de un ataque, tomó la perilla y la puerta por fin dejó que los dos se vieran de frente, sin obstáculo alguno para que un hombre, soy Gustavo, le asegurara que no había nada que temer, que era hermano de Cecilia, la mujer del piso de arriba, que le perdonara la hora pero ella había llamado de la carretera. Mientras Gustavo continuó diciendo que al colgar el teléfono se percató que no tenía suficiente dinero, que le pedía a ella el inmenso favor de prestarle, ella se dio cuenta, mejor dicho, después de darle el dinero y él agradecer y asegurar que en la mañana bajarían él y su hermana a pagarle, a visitarla, no pudo menos que notar en sí misma un ligero, un gran cambio. Intuyó que algo importante había sucedido; salir por fin de su aislamiento, conocer a la tal Cecilia, por Dios, un mes entero sin haberse presentado; un buen paso, sin embargo la sonrisa era menos por la desconocida, más por su hermano. Al cerrrar la puerta, el nombre, la sombra de Martín felizmente se esfumaron. Tras dar al encuentro muchas vueltas, por fin cayó dormida. Poco después se levantó, el ánimo en una montaña, era cuestión de esperar (se dice fácil) a que tocaran a su puerta, cosa que en efecto, después de que pasó lo suficiente para que los nervios la comieran, fue anunciado, sin la firmeza de unas horas antes, por el golpe de los nudillos en la madera. Y aunque al espiar por la mirilla no vio a quien más esperaba, abrió la puerta con el gusto de conocer por fin a la vecina de arriba, un mes sin presentarse, ¡por Dios!, quien recién adquiría un nombre, y entonces, cuando abrió, frente a frente, no pasó mucho tiempo para que lograra entender por qué la mujer no sólo le decía que no se llamaba Cecilia, sino que tenía la idea de que en cambio ella fuera Cecilia, la del piso de abajo, la hermana de Gustavo.

ENTRE CIUDADES

Porque no iba a faltar en las vidas de Rosa y Cynthia el momento en que se encontrarían con Armando en la central de camiones, cualquier central de camiones, cualquier Armando, cualquier hombre joven, cualesquieran dos mujeres más jovenes que él, que puntual al momento estaba ahí para encontrarse con aquellas dos muchachas, Rosa y Cynthia en la fila para comprar los boletos del camión que lo llevaría al lado mexicano, al otro lado de la frontera, a dónde iban los tres, ese día, ese instante en la noche, ellas recién despedidas de los primos americanos de Cynthia, que durante los tres días anteriores las llevaron a pasear por ambos lados de la frontera, y a conocer, y a que se dieran cuenta que tan solo a unas horas en auto de donde vivían todo podía cambiar tanto, y se podía, claro, si iban como fueron, por primera vez sin sus padres, conocer amigos e ir a bailar, y sacudir sus apenas 17 años de la rutina, todo con una credencial falsa que dijera que tenían más, para tener acceso al poder que daban el tequila, la música y las luces, y abandonarse a la ilusión de crecer y crecer y crecer hasta doblarse a echar ese poder por la boca, ya más tarde, de regreso a casa de los primos de Cynthia que al final acabaron cayéndole mal a Rosa, no como Armando, ahora que sabían que se llamaba así, después de venir él a preguntarles si ya se había ido el camión, también nosotras lo esperamos, porque era mejor ir a preguntarle a las muchachas que están ahí que a los demás, todos señoras y señores iguales, grandes y viejos, no como ellas que no tienen más de dieciocho, la sonrisa las delata, Rosa más formada, ya un momento antes de acercarse lo ha notado él, él que parece de unos veintitantos, que vino y se acercó, y a Rosa y a Cynthia les pareció ver en esa cara la rapidez del reflejo ida y vuelta al futuro, pero había que esperar a que las cosas pasaran, porque de eso y de preguntas está llena la esperanza.

Él, justo ahí, cruzando el pasillo para seguir platicando que vino al lado americano a ver lo de un trabajo que le ofrecieron que no está mal, ¿Y te quedas en Juárez?, preguntó una de ellas poco antes de saber que no, que los tres llegarían, bajarían y subirían a otro camión que había de llevarlos a la ciudad de Chihuahua, pero ese tipo de certezas no las podían tener, ni ellas ni él, y había que decir que no, que no se quedaba en Juárez, y ellas habrían de decir que también iban a Chihuahua, todo esto para que se fueran dando las sonrisas internas y todos esos síntomas que producen las aparentemente coincidencias afortunadas, aún cuando sean cosas que tienen que pasar, como tenía que pasar que Armando descubriera que en el camión a Chihuahua estaba desocupada la parte de atrás y que se podrían ir ahí en vez de en sus asientos asignados, estos últimos más cómodos para tratar de dormir, pero llenos de gente que los podía callar si hablaban. Rosa y Cynthia no dudaron: Armando y la parte de atrás eran una extensión del sueño (la frontera) que dejaban y que, según parecía, no las quería dejar ir. La oscuridad era cómplice, el ruido del motor el filtro perfecto para que comenzara un juego que había de terminar poco más de tres horas después. Apenas el inicio era la recta final, pero la tomaban con gusto, Armando jugueteando con una botella vacía mientras daba en cómo manejar la nueva intimidad; y esto era normal por saberse "el hombre mayor", por ser ellas unos siete años menor que él, y lo curioso es que antes de llegar a la central y conocerlas lo único que quería era dormir, pero ahora estaban sentados en el suelo de la parte de atrás, ellas viéndolo mover la botella, rodeadas de su presencia – la de él y la de ellas mismas – y sonreían mientras trataban de pensar en algo que diera para volver a conversar pero sólo pensaban en lo raro que era todo, en encontrarse y en todo esto que ahora pasaba, y a Rosa y luego a Cynthia poco después se les ocurrió decir que tenían un diario, bueno, no un diario pero un cuaderno donde cada quien apuntaba cosas fuera de lo común, cosas importantes, y aquí vendría la primer noción de que eran diferentes, porque Armando, siguiendo el camino que ellas trazaron, había de preguntarles qué escribirían de él en ese diario si se tuvieran que despedir ahora mismo, y entonces, con las respuestas de cada una (y con sus caras) acabó de saberlo, en teoría claro, porque todavía faltaban más de dos horas de camino y faltaba aún que la gravedad, digámosle así, hiciera que la botella con que Armando jugaba se le fuera de las manos. Cuando ésta terminó de girar, Armando supo que no quedaba más que hacer una de esas bromas que se hacen con toda la seriedad del mundo y lo escucharon decir lo del juego de las preguntas y ellas contestaron que sí, No importa el tipo de pregunta, ésta siempre debe ser contestada por los otros dos con plena sinceridad, dijo Rosa, instrucciones que mataban la divagación en exceso porque también es entendible que en un momento como ese pudieran llegar a la inmovilización debido a la timidez, pero muy a tiempo vino la propuesta, y así, una detrás de la otra, las preguntas fueron hechas, las de Cynthia fantásticas y nada fáciles, ella emocionada porque Armando y Rosa se quedaban pensativos cada vez que se las preguntaba, sobre todo cuando dijo:¿Qué es lo que más les importa en el mundo? y todos se quedaron en silencio por un instante, Armando y Rosa pensando lo mismo, porque no iba a faltar en las vidas de Rosa y Cynthia el momento en que se encontrarían con Armando en la parte de atrás de un camión, y comenzaran cada quien a hacer preguntas que las irían dividiendo cada vez más, Rosa sin preguntar nada del otro mundo, sólo preguntas que tenían que ver con la oportunidad de tener a un hombre 7 u 8 años mayor que ella a su lado, lejos de sus padres (cada vez más cerca), ya con poco tiempo de libertad, pensando que no debía haber nada malo en eso, en pensar que ya sólo quedaban menos de dos horas para que pudiera suceder lo que le pareció ver tan claramente en la cara de Armando, horas antes en la central, cuando el reflejo de sus ojos mostró la posibilidad de estar con él, sólo con él, y convertir el encuentro de tres en uno de dos, reflejo que en cierta forma también había visto Cynthia, Armando y Cynthia, pero en un plano más ideal, más como sus preguntas, ¿Qué es lo que más les importa en el mundo? Y en eso precisamente seguía pensando Armando, porque desde que oyó a Cynthia hacer tal pregunta vinieron a su mente dos formas de contestarla; una, la que salió de su boca cuando contestó lo que seguramente coincidía con lo que Cynthia había pensado al formularla: todo aquello que en teoría importaba para ser feliz; los padres y los hermanos, la salud y el amor, pero era la otra, realmente era la otra forma de contestar la que lo había puesto serio, porque le hubiera gustado poder agregar, ¿qué es lo que más les importa en el mundo *AHORA, en este preciso momento*? y contestarla hubiera significado decir la verdad, decir que desde que las vio en la central de camiones, desde que vio a Rosa no pudo quitarse de la mente eso, estar junto a ella, ellos sólos, en la parte de atrás del camión, y eso significaba dejar fuera a Cynthia, la amiga entrañable de Rosa, esa misma Rosa que de pronto (puntualmente, como debía suceder) decidió – repitiéndose que quedarse con Armando no las separaría – meter en el juego de las preguntas una que se le había ocurrido a propósito de una de las de su amiga y que ya no podía contener dentro de sí, una que por cumplir con las reglas del juego tenía que decírsela a los dos pero que estaba dirigida a él, y claro, por eso mismo y en otro sentido, también a Cynthia, porque el hecho de preguntarle algo a Armando solamente era ya comenzar a negar la otra presencia.

Todo porque ya quedaba muy poco tiempo para seguir llamándole futuro al futuro, que para entonces no estaba hecho más que de una hora y unos minutos, y eso de esperar a que las cosas pasaran y hacer preguntas (de lo que estaba hecha la esperanza) podía tomar mucho más que eso, pero claro, siempre hay esperanzas menos crueles que otras, y Armando, al contestar a la pregunta final de Rosa había dejado claro que lo único que había que esperar ya no estaba en ellos. Y es qué es difícil cuando se pierde la mirada en la oscuridad de afuera mientras se fingen, uno a uno los bostezos, y esperarían un poco más hasta que Cynthia – después de preguntarse algunas cosas – lentamente se levantara y dijera, con la mejor voz posible: Adiós; me voy a mi lugar porque ya no aguanto el sueño.

WANNABE

Yo soy el gringo wannabe. Yo soy el wannabe gringo. Soy mexicano. Desde niñito me acostumbraron. Y a mí me gusta. Pero me gusta más ser mexicano. Está bien raro todo esto de las nacionalidades. No las necesitamos pero hay muchos que tenemos una idea de nación. Somos todos los que estamos y somos todo lo que creemos. Ojalá un día se nos haga ser como nosotros. Nosotros soy yo, y desde ahí la percepción trabaja, y acierta, y se equivoca. Nací en un pequeño pueblo, multiplicado. Soy todos los demás. Hablo español y hablo inglés. Me encanta hablar inglés. Lo hablo con el acento del que no tiene acento, y a veces, cuando estoy muy entrado en la plática, me digo, estoy hablando inglés bien cabrón, cualquiera diría que soy gringo.

Pero no sé lo que es ser gringo, no soy uno de ellos. Quiero saber quiénes son. Conozco a muchos pero hay tantos tipos. Quiero saber lo que realmente piensan sobre tanta cosa que se dice sobre su país. Sobre el país que mi país ha adoptado como su padre abusivo. Quiero saber todo sobre mi padre abusivo.

De mi padre biológico, el que tiene nombre, amor, gritos, mi país y el padre abusivo de mi país podrían aprender mucho. Mi padre podría haberles enseñado tantas cosas, pero él ya no está aquí para hablarles. La mitad de sus insultos fueron para ustedes, sin embargo si mi país y el padre abusivo de mi país se hubieran acercado a mi padre, estoy seguro que él podría haberlos sentado a platicar para calmarlos y centrarlos en los asuntos que primero importan. Él no los dejaría seguir diciendo que la competitividad es más urgente que el autoanálisis, por ejemplo. Pero qué le vamos a hacer, mi padre murió hace un año. Mi padre abusivo quiso que mi padre muriera muchos, muchos años antes; lo quisieron mandar a Korea como carne de cañón para el crecimiento económico. Mi padre se cagó en el crecimiento económico y salvó su vida y la de unos cuantos.

Tengo unos tíos americanos. Son mexicanos americanos, pero son americanos. Me gustaría preguntarles si de verdad creen que hay honor en las nuevas guerras y en todas las infiltraciones que su país hace. Si de verdad hay honor en solaparlas. No me gustaría discutir. Sólo pido su verdadero autoanálisis. Que dure tres días, una semana, dos meses, no importa. Podríamos pensar en lo urgente y nos ahorraría tantas discusiones, y el mundo sería más feliz, como un anuncio de coca-cola. Nos complica que todo lo interesante sucede detrás de cámaras. Y a nosotros nos fascinan la pantalla y los mega sonidos, y los efectos especiales.

Hay tanto que hacer además de los días, y eso también nos complica horrores.

Dejemos entonces que nosotros sigan pensando en ustedes.

Y que el mundo muera.

LA PLAZA DE LOS LAGARTOS

No mames, ¿y a poco sí hay lagartos?

No ya no, la verdad no sé bien, creo que antes había pero desde que una vez uno alcanzó a atrapar a un bato que estaba esperando el camión y se recargó en la reja o algo así ya los quitaron.

¿Ay sí, huey?

Neta te lo juro…no te creas, no sé si realmente pasó pero a mí así me lo contaron.

¿Pero entonces a qué hora quedamos con estos hueyes?

¡¿Qué no dijimos?!

Fui al baño cuando dijeron.

Que si por cualquier cosa no nos topamos en el concierto nos veíamos más tarde en la plaza de los lagartos.

¿Y tú sabes llegar a la plaza?

Está ahí a unas cuadras del puente del centro, ¿qué no habías venido pa cá o qué?

No… ¿y por qué en esa plaza o qué?

El Juan dijo que luego se va a armar una fiesta ahí cerca en una casa.

¿Y ahorita por dónde vamos a cruzar?

Por un hoyo en la malla, ahí cerca del puente libre.

Órale, ¿y está pelada por ahí, sí?

A veces llegas y ya lo cerraron pero le buscas y siempre hay más, nomás hay que ponerse bien zorra por si la migra anda ahí escondida.

Qué chido, pinche conciertito va a estar poca madre, tsss, imagínate el Punching Bang en vivo, no mames…¿y a qué hora empieza ese pedo o qué?

Ahí dice en el boleto… no te creas, a las siete y media abren las puertas y el concierto empieza como a las nueve.

Sirve que antes vamos por unas cervecitas ¿no?

A huevo.

¿Y cuánto falta para llegar al hoyo en la malla?

Ahí está ira, ¿guachas?, ponte bien trucha, si yo arranco tú arrancas, al cabo ahorita se ve tranquilo. Si de repente llegan a aparecer las trocas y los batos nos agarran, nomás no te pongas muy bravo.

¡Ora, sobres sobres!

Hijo de su pinche madre, ya se me hacía que aparecían las camionetas, ¡no mames, que pinche Ben Jonson en los 100 metros hasta su madre ni qué pinche pedo!

Tócale a ver si está este bato. Hey, qué onda carnalito sss, qué milagro, ¿qué andan haciendo por acá? Apenas me agarraron, iba saliendo.

¿A poco vas también al concert?

No, bueno fuera, tengo que ir a jalar.

No pos nomás veníamos a echarnos unas birrias pa hacer tiempo.

Híjole hermano, a ver pásenle acá a este porchesito, ahí no hay pedo, nomás si pasa la patrulla, acá bien sorderos y no enseñen las botellas. Los pasaría al cantón pero ya me estaba yendo, ay, nomás que se vayan le cierran esta puertilla. Sobres. Ahí está el Seven Eleven. Chido, carnal.

Chido.

Uta, a huevo, salud caón, tsss, ¿y estas caguamotas matonas?, tsss, hasta traen nombre de pistola… ahhh. Y estos batos ¿por dónde se iban a cruzar o qué?

Pos el Juan dijo que iban por ahí mismo donde cruzamos pero que primero iban con unas morritas, o que iban a buscar a un tío, o no sé si se quisieron desafanar para que no cruzáramos cuatro cabrones al mismo tiempo.

A mí el Juan como que sí me cae, pero no sé. Es buena onda el Juan. Sí, sí, es a toda madre,,, pero no sé, algo.

¿Y cuánta lana traes?, ¿vas a pichar las birrias en el concert o te vas a rajar?

Andale, ándale, no vaya siendo…

Ira ese pinche camaro.

No mames, imagínate ir con unas morritas en esa ranfla, acá con unos sixes y las morritas acá; que de repente llegaran el Juan y el Toño con las morritas en un camaro, imagínate. Nos los agarrábamos a chingazos y nos íbamos con las morritas.

Primero al concierto.

Simón, primero al concierto y luego ahí las amacizábamos, ya pa cuando saliera la baladilla esa que traen uno esté acá con la morrita besándole el cuellito.

A ver si saltan unas guirls ahí en la fila del concert. Oye está lejos esa madre, no que estaba ahí a unas cuadras; y luego ese quesque licorcito de malta tú crees, pura pinche birria inflada, no mames los pedotes que me vengo echando.

Ch, ch, tranquilo que yo soy serio bato.

Andale, ándale, muy serio has de ser.

Ahí está pues, pa que no llores, el Coliseo.

A huevo, pinche Punching Bang.

Bag, huey.

Eso mero, Punching Bang.

Bag, huey, BAG, de saco de golpear.

¿Neta? ¡Aaah, órale, por eso los guantes!, simón, órale me cae. Punching Bag…tsssss…. ¿pero qué cabrón tocan no?

Hey.

Tssssss, no maaaaames, qué chingón estuvo el concierto, no maaames, ¡acá pinches guitarras cómo se oían, caon! ¿Y qué tal las morritas que estaban enfrente?, ¿Te fijaste que capearon?, como que en la baladilla una de las morritas acá se me hace como que empezó a recargarse en mí, loco, acá por un rato estuvo así recargadilla y luego le empecé a soplar acá suavecito en el pelo, y la morrita se quitó ¿tú crees?

No pos con la guacareada que te habías aventado qué querías cabrón.

Sí, pobre morrilla, no pero pinche concert qué chingón estuvo. ¿Y luego estos batos orita que los viste en el baño qué dijeron?, ¿por qué no te los trajiste acá donde estábamos para luego irnos todos a la fiesta esa?…

No pos el bato dijo que primero iban a ir a talonear un material que les dijeron estaba muy bueno pero que seguro nos veíamos en la plaza de los lagartos a las once y media y que de ahí nos vamos, que ahí está ya cerca el pedo.

No, ya valió madre, ya es bien pinche tarde y ahí vamos a ir como pendejos ¿y luego dónde vamos a dormir si no se arma?… ¿Por qué no nos fuimos con ellos?, no mames yo no voy, mejor vamos cayéndole de retache a Juárez diunavez.

¿Uh, ya te arrugaste? Para eso me gustabas, ¿a poco no quieres ir a una fiestecita llena de morritas como la que aterrorizarte ahorita?

Ay, sí culo, tú ni les dijiste nada, me claché que la pelirroja te estaba tirando la onda machín y tú ay nomás rockeando, y ahí dizque la querías abrazar pero a la hora de la...

Eh, tranquilo, el caso es que ahorita lo que yo veo es que te estás rajando a una buena pari, y creo que hasta un toquín de una banda local va a haber, ¿quiubo?, te da frío o qué.

Frío nos va a dar en la pinche noche si vamos a esa madre, se me hace que es puro pedo, te digo que el Juan ese no sé...

Vamos cabrón, no seas rajado.

No, si no soy rajado, pero ¿tú cuánta feria traes o qué?

Pues traigo lo suficiente, ¿y tú?

Pues, no te creas, ya traigo nomás, doce, trece... catorce dólares.

Pues ahorita tú paga el taxi con esos catorce y luego yo te lo repongo.

Ah, y hasta en taxi.

¿O qué, quieres aventártela a riel otra vez a esta hora?

¿Y por qué no vamos a michas, no que traes suficiente? Sí traigo pero lo que pasa es que el Juan me debe una feria, mira ahí viene un taxi, chíflale, chíflale huey... Buenas, ¿habla español mi compa?

Imagínese si aquí no hablara español.

¿Como cuánto nos cobra a la plaza de los lagartos?

Unas doce bolas pero ahí ya no hay nada abierto a esta hora amigos, de ahí nomás queda un barecito pero tienen que caminarle.

No, no mames ¿y tú crees que nos van a estar ahí esperando en la plaza con tu lana y con las morritas a estas horas?

¡Bueno bueno bueno cabrón, uno que le está proponiendo un rollo acá chido y usté chingue y chingue con que no y que vámonos y no sé qué tanto pedo... a ver, ¿le pasó algo en la pasada? ¿No verdad? Si le digo que va a haber una fiesta es porque sí se va a armar algo, nomás hágame caso y súbase al carro y deje de estar chingando...

Sobres, si este pedo vale madre va a ser culpa suya, y además nos vamos a quedar sin feria porque el Juan a poco crees que...

¡Andele cómo es llorón ya súbase!

¿Y qué onda, mi compa, hasta qué horas se la avienta? No, pos depende, orita está tranquilo, ya nomás una hora más y ya estuvo. Ora.

Y qué, ¿vienen del concierto ese que hubo?

Hey.

¿Y qué tal estuvo?, estaban anunciándolo mucho en el radio

Nooombre, perrotote...

Vaya, hasta que se dignó hablar el señor...

Cállese huey, que hasta que no estemos en la fiesta le voy a creer que el plan sigue chido. Pos hasta que no lleguemos a la fiesta usté no me la puede cagar todavía, así que disfrute, pinche bato enojón.

Estaba hablando del concierto con el señor del carro...

Ay, ay, si yo fui el que empezó la plática, mejor quédese ahí enojado y el señor y yo platicamos, ¿verdá mi compa?

No pos, ahí ustedes

¡Gracias! ¡Hasta luego mi compa!

¡No, no mames, estás hecho garras! ¡¿Por qué no le dijiste al bato que se esperara si no se ve nadie aquí?!

Ya ni le voy a contestar cabrón, con su pinche negatividad, ¿quería conocer la plaza de los lagartos?, pues esta es la plaza de los lagartos, ojalá le salga uno y se lo lleve jijo de su...

¿y además cómo le iba a decir que se quedara, ni modo que nos llevara a otro lado con dos dólares? Ya estamos aquí, y a ver qué onda, si aguantamos vara aquí vas a ver que estos batos llegan al rato...

No mames, no hay ni luces por aquí, está oscuro de a madre, no se ve nadie por ningún lado y no traemos feria, y es el pinche centro y en cualquier centro de cualquier lado es una pendejada andar a esta hora. Ora sí ya valió, te dije, cabrón, te dije que el pinche Juan ese no valía madre, pero a huevo querías venir, ¿y ora qué vamos a hacer? Sin feria, sin ranfla, sin morras, todo porque el pinche mister fiestas sabe donde está la acción.

Oh, cómo chingas. Vamos a esperar un ratillo a ver si vienen estos batos. ¿Qué horas son?

Las once cuarenta. Ya valió madre, y luego aquí no sabemos si hay choli… ¿Oíste eso?

¿Qué huey?

Shhhhh, oye, oye…

No se oye nada, pinche bato nervioso

No neta, dejándola de pedo, ¿no oyes? Se oye algo, alguien viene.

Tas loco

Neta, alguien anda ahí, me cae

No tas loco, no se ve nadie, lo malo es que se me hace que sí está valiendo madre este pedo…

Si no hubiéramos usado esa feria que en el taxi orita no estaríamos en medio de una plaza gabacha desierta, y con esta pinche hambre, ¿neta ya no traes nada de feria?

Te digo que me debe este bato…

Ssshhh, aguas, ora sí se oye algo, ¿oyes?

No pasa nada, te digo, te arrugas luego luego

Estás más nervioso tú que yo, pero te haces, te digo que ya cayó pedo, ahí viene un bato…

¡Shhhhh, no hagas ruido, estás pisando las hojas del árbol y se oye! ¡Hazte pa acá! Sí es un bato pero no nos ve. Mira, ya se está yendo…

Shhhhhhhh, habla bajito cabrón que nos va a oír. Ingue su madre, yo me voy a subir a un árbol mientras sabemos qué pedo. ¿Qué tal si fue por más raza? De eso a que me agarren unos cholillos gabachos, a mí me vale madre, yo me subo mientras a este pinche árbol.

¡No sea coyón… bájese!

Ni madre, de aquí no me baja nadie a menos que salga el Juan o que usté saque una feria que traiga clavada y no quiera decir…

¿Cree que si trajera no la habría sacado ya?

Entonces hasta que salga el pinche sol yo no me bajo…

A ver quítese o hágase a un lado cabrón que ahí viene otra vez alguien…

Ah, ¿no que no?

Shhhhhh, cállese, me subí nomás pa que no se agüite

El bato allá en la calle le está haciendo señas a alguien, ya valimos madre

¡Shhhh, habla bajito cabrón! Vamos a ver qué más hace…

¿Y si de repente bajamos y salimos corriendo?

Pérate, pérate que se vaya...

Mejor ya, huey, antes que venga más raza y ora si nos chinguen

No, no, espérate, orita se vuelve a ir

¿Y entonces esas señas que está haciendo para qué son?

Shhhhh, cállese cabrón que nos descubren

Oye, huey, ¿ves esa camioneta, enseguida del carrillo ese?

Simón

Clávate, ¡no mames que hay dos batos dentro!, ¡no mames se me hace que nos están viendo!

Qué nos van a estar viendo, han de estar fajando los putos

No mames ya prendieron las luces

¡A la verga, es la migra, cabrón!...

¡Hey, usteres, bajen del árbol!

Ya valimos madre, te dije que hablaras bajo cabrón, pero... ay, huey, no puede ser, mira a mis compas bajando de ese otro árbol, de dónde salió tanto bato ¿Qué pedo? Ay, cabrón, y allá más compas bajando, y allá otros, no mames, qué pedo. Hay que hacernos pendejos, igual piensan que nomás son esos batos y orita nos pelamos... Pos a ver si te le puedes hacer pendejo a la linterna que nos está apuntando derechito a nosotros para que bajemos...

Pinche, huey, qué a toda madre la fiesta, no sabía que iba a ser en una suburban, eh, nombre, las morritas y la lana del Juan, si lo que yo no sé es qué hacer con tanta morrita y con tanto dinero que te pagaron…

Ya cállese cabrón, que mis compas aquí no tienen por qué estarlo oyendo…

Ande, pendejo.

TRIBULACIÓN

He estado detectando la presencia de ondas telepáticas provenientes de mi ex novia. Yo sé que ya anda con otro pero últimamente sé que está pensando en mí, puedo sentirlo incluso en este momento. Claro, estamos a miles de kilómetros y hace más de dos años que no la veo pero yo puedo diferenciar entre un presentimiento y una corriente telepática, no la que es producto meramente de la activación simultánea de recuerdos entre ex parejas separadas en el espacio, sino la que intenta llevar y traer mensajes en un instante dado. El instante dado es un instante con varias caras que siempre está cambiando. Finalmente sí es un fenómeno de coincidencia, pero con una voluntad extra. Y esto es lo que he estado captando. Pero no sé bien cómo reaccionar. Primero porque sospecho que me lo estoy inventando. Segundo porque qué tal si es cierto.

EL HOMBRE DEL PELO INTERMINABLE

Oscar nació un sábado 26 de abril, a las tres de la tarde. Nació, como todo bebé, llorando, y como muchos otros, calvo. La anomalía se detectó a los meses de haber sido traído a este mundo de curiosos, quienes se fueron dando cuenta que, salvo por lo que parecían ser pestañas y cejas, Oscar no fue acumulando el patrimonio de pelo al que califican la mayoría de los humanos. Oscarito, pues, nació calvo y así se quedó. Por supuesto, los padres, preocupados, destinaron una considerable atención y dinero al descubrimiento y erradicación de aquello que afectaba a su hijo, que tan peculiar se veía, notaron los padres siempre utilizando suaves términos, al menos de esa forma conservando la esperanza; porque, ¿qué sabían ellos cuántos adelantos no habría en el futuro, que les permitiría conseguir nuevo pelo a su hijo? Y es normal que los padres quieran aquello que, según piensan, hará feliz a sus hijos, y los padres de Oscarito en su constantes visitas al médico sólo encontraron que la ciencia ignoraba por qué un niño carecía de toda vellosidad, gruesa o delgada, en el cráneo, pecho, piernas o brazos.

Cruzó la niñez con o sin mucho problema, según se quiera ver, sin embargo la secundaria fue dura. Oscar no pudo, entre otras cosas, celebrar la aparición del primer pelo púbico; el orgullo que resulta de mirar abajo y encontrar que se está formando cada vez más ese pelaje que ha visto en las regaderas de los lugares públicos, adornando el rededor del sexo. No ha de extrañar que Oscar haya sufrido el escarnio que sus compañeros de generación gustosamente le obsequiaron al saber de esto; pero esa batalla terminó cuando a Oscar le dejó de importar. Tocaba ya el turno a la iniciación en los ritos del coito, ritos estos que, con sus intrigas y avances, logró siempre ayudar con sutiles juegos de mala iluminación. La vida de nuevo le parecía un lugar seguro a Oscar cuando vino el descubrimiento: Mientras platicaba con Marcela, ésta señaló hacia su antebrazo: ¡mira!, ¡aquí!, ¡aquí tienes un pelo queriéndote salir! Oscarín no lo podía creer. Miró bien y descubrió que, si bien no era un pelo oficial, sí, en efecto, parecía un filamento, color negro, sin mucha sustancia ni aparente fuerza, pero al fin una hebra esperanzadora. Oscar, emocionado abrazó a su amiga, llegando a casa dio las buenas noticias. Los padres acudieron a su encuentro y juntos se dispusieron a analizar, emocionados, el primer pelo de su hijo. El examen de la madre arrojó diferentes resultados al del padre, que sí, qué bueno, el primer pelo había aparecido y que sólo era cuestión de esperar la aparición de todos los demás. Él en cambio había llamado a la cordura; dijo que había que pensar en la poca seguridad que daba la muestra, que se notaba un tanto enclenque como para poder batallar contra el mundo entero, lugar de abundancias y exageraciones. Pronto ese pelo podría caérsele a Oscar, con la decepción que esto le traería.

Oscar no se dejó vencer por la especulación: Atestiguar la apariación de su primera vellosidad fue un hecho que, según publicó a sus amigos cercanos, le dio ánimos necesarios para pensar que vendrían más. Desde entonces el dorso de su antebrazo derecho rápidamente pasó a ser un santuario.

Largos fueron los ratos que Oscar pasó observando su epidermis en espera que un acompañante surgiera a un lado del hasta hora solitario ejemplar. Trece años ya tenía, carajo; la naturaleza le debía al menos un pelo más. Pero nada sucedió. En todos esos días ya hechos meses ningún aumento pudo notarse en el pelito, mucho menos algún indicio de la deseada nueva aparición. Oscar se puso triste. La cercanía del cambio lo había atrapado y lo que fue motivo de celebración meses atrás, lo desilusionó. Pasado un tiempo de angustia, por unos días dejó en el olvido su corpórea preocupación, sin embargo el motor de la inquietud no se detuvo y poco tiempo después le vino una idea: Procuraría, para la piel de esa zona, las mejores condiciones posibles para que creciera el pelo. Así, Oscar, después de consultar manuales, folletos, anuncios en revistas, terminó por untarse una larga y exótica lista de sustancias que garantizaban abundante resurgimiento del cabello. Por más de un año los padres compraron toda crema, todo shampoo existente para el caso, y vieron como, uno a uno, todos los remedios fueron fallando a su esperanzado fin. Expandido al máximo su presupuesto, los padres, un día dijeron a Oscar que no, que no habría más tratamientos revitalizantes. Poco después de la noticia, Oscar, confundido, melancólico, mirando fijamente el filamento, maldijo el momento en que apareció. Siguió mirando y como si de pronto no fuera suficiente con apretar los labios, llevó el pulgar e índice al otro antebrazo, hizo presión y jaló con fuerza, cómo si quisiera arrancarlo. Oscar sintió una reacción extraña y tardó un momento en comprender que su pelo se alargó un poco. Como en un impulso jaló otra vez más y, sin romperse, conservando su fina constitución, el pelo de nuevo se alargó poco más. Oscar se asustó, sobra decir. Luego murmuró algo y se quedó callado, viendo la nueva longitud del hilo negro que salía de su mano. Oscar se preguntó ¿cómo es que me está pasando esto? Como son las cosas, instantes después fue invadido por unas ganas irreprimibles de compartir con Rebeca lo que le había pasado. Le indicó que mirara, y que mirara de nuevo mientras otra vez se alargó un poco más. Ella rió, curiosa, y dijo, ¿puedo intentar? Cada vez que uno de los dos tiró, el hilo siguió creciendo. ¿Qué sientes?, preguntó ella, y Oscar no dijo nada. Al final de la tarde Oscar y Rebeca midieron que el pelo ya medía medio metro. El miedo y la emoción de nuevo aparecieron. Él pidió que ella no dijera nada a nadie; a ella le pareció buena la medida y acordaron no hacer ningún escándalo. Por unos días Oscarito pudo enrollar su pelo en su antebrazo para ocultar su nueva condición, sin embargo, cada vez que estuvo a solas se encontró con la tentación y el hilo siempre se alargó. Más por la angustia que le provocaba ocultarles información que por no seguirse enredando a escondidas el gran vello, un buen día Oscar confió el secreto a sus padres. Aunque nadie, ni ella misma lo notó, su madre, al verlo no pudo evitar que un gesto confuso le cruzara la cara, como en un parpadeo. Como pasa con las cosas que de pronto significan un secreto, todo el mundo, empezando por Oscar, luego por Rebeca, no pudieron con el peso y personas adicionales lo fueron confiando a alguien más. La discreción de los primeros voceros, quienes sólo confiaban el mensaje a sus amigos cercanos, se fue abriendo, y con la ramificación, de pronto se comenzó a dudar si el nombre del muchachito era Oscar o Sergio, Aurelio o Nicanor, cosa que ya importaba muy poco: Había un muchachito de la colonia Altavista al que le salía de la piel un pelo interminable.

Los primeros curiosos fueron los niños de la cuadra, quienes deseaban comprobar si eso que decían era cierto. Comenzaron a rondar la casa de Oscar para ver si les podría enseñar. Los padres, mortificados, intentaron evitar que a su hijo se le viera como atracción y cada tarde pidieron a los muchachitos que se fueran a sus casas, que su hijo no los podría ver. El éxito de la negación duró poco tiempo. Oscar no podía quedarse todo el tiempo recluído en su cuarto.

- Andale, Oscar, alárgate el pelo.

Comenzó cobrándoles cualquier cosa: refresco y torta por tres centímetros; dos por pan dulce y café. Siempre quisieron ver más, incluídos ya todos los desconocidos que comenzaron a llegar para presenciar un poco de la misteriosa elongación. Oscar, tras varios días de renuencia, halagado por la insistencia de su amigos accedió a llevar su acto al parque, donde más gente lo podría ver. Al regresar a casa contó el dinero: para un primer día no estaba mal. Sus padres, tras enterarse de la humillación a la que diariamente los exponía su hijo, fueron a la función de las seis y en presencia del respetable le prohibieron que se jalara un centrímetro más. Algunos chiflaron.

Pero eso no terminó con el problema. No mucho tiempo después, tras el rumor, las peticiones comenzaron a llegar por escrito, por teléfono, todas de personas variadas, desconocidas las más de ellas. Querían verlo crecer. Los padres, claro, siguieron oponiéndose, aunque cada vez dudando más, porque en los últimos días había llegado ofertas que ahora, con el reciente choque del carro no sería malo revisar. Días después los padres enfrentaban un dilema:

Cuatro muchachitos clientes potenciales ofrecen el mismo dinero por treinta centímetros de pelo. ¿Qué vamos a hacer?

Vinieron todos muy puntuales. Convencer y juntarlos a los cuatro había sido una gran idea, se felicitaron los padres, pero la gente allá afuera que siempre sabe todo supo que Oscar había dado una función a puerta cerrada para cuatro ricachones. No tardaron en protestar: La cosa cundió. "el pueblo también quiere pelo" "queremos pelo también", comenzó a escuchar Oscar desde su ventana. "Manifiesta tu derecho a una tarifa grupal" le tocó ver en un volante al padre, quien furioso comunicó el problema a su esposa. No va a haber más que aceptarlo, la gente quiere que Oscar se jale el pelo. Después de todo, el dinero no es malo.

Después de ciertos telefonemas, ciertos trámites, la primera nueva función al público fue programada para el 10 de agosto en el teatrito de la ciudad. Bastante tiempo como para que se planearan bien las cosas, aunque ahí estaba el problema, porque, que alguien se acordara, nunca se había presentado en la ciudad un hombre con un solo pelo largo, y no sabían bien cómo se debía hacer. No faltaron quienes no entendieron bien por qué se hacia tanto escándalo si en realidad lo único que pasaría era que Oscar llegaría, buenas tardes a todos, toma, jala, sale, ya está, pueden irse a sus casas. No; precisamente ahí está el error; en pensar que las cosas son así de simples. Por ejemplo, Oscar podría ser el principal de, no sé; tres, cuatro actos. No estoy seguro. A final de cuentas todo es cuestión del promotor, si dice que está bien, entonces vamos; porque también puede decir que el hombre del pelo interminable siempre no. De ninguna manera: ya la gente está esperando y todos piensan que será sensacional. ¿Qué tal si no? Para eso están los otros eventos. ¿Pero qué hay de los que verdaderamente tienen la ilusión de ver a Oscar? Primero hay que ver si puede hacerlo. Encima de todo, el promotor, el cambio del teatro, las fotos del poster, que a mí realmente no me gustó, a mi tampoco, todo eso cansa, el director poco antes le pide a Oscar que al menos jale un poco para comprobar si su rareza sigue funcionando. ¡Ja!, ¡quieren que les enseñes pelo gratis!, pero ya lo sabes... ¡diles que tienen que hablar con nosotros! El día de la función está todo listo. El ejecutante obsequia una extraña interpretación del Uld. El público aplaude. Luego los dos tipos que no hablan. Se acerca el momento en que toca el turno a Oscar, a quien han vestido en colores brillantes para añadir al espectáculo. Le dan los últimos consejos, recuerda, no jales muy rápido porque no lo podrán ver. Oscar apareció en escena y se dio cuenta de lo amplio que era el teatro. Oscarín, tras contestar algunas preguntas del presentador fue iluminado por el rayo que también en los ensayos lo cegó. Acompañado por un silencio de tambor, el pelo, lento, obediente, fue ganando tamaño ante el asombro de los asistentes que no podían dejar de preguntarse si no habría una trampa en todo eso. La gente dudó. Afortunadamente a algunos les permitieron subir a a escena para que comprobaran que sí; a ese hombre en verdad le crecía el pelo. No inventes, Antonia, algún marido a su mujer. ¡En serio!

Ya en casa de Oscar todos le dijeron que había estado muy bien, que el pelo se alargó muy bonito y que ellos mismos no lo podrían haber hecho igual. Salvo por un leve sudor en los dedos (que se evitaría con un poco de talco la próxima vez), la presentación gustó a la gente. Y la próxima vez volvió a gustar. Para el asombro del mismo Oscar, un número creciente de personas, de intereses y necesidades parece después de todo no tan distintos, comenzó a pedir y a esperar con gran emoción el acto del hombre del pelo interminable. Desde aquel desnutrido que hacía mucho tiempo había pasado por el pueblo, la atención de la ciudad no se había volcado con más atención a un mismo evento. Cada semana, si no se había tenido la fortuna de asistir a alguna de las funciones, al menos se podía leer lo que se había dicho de él en los periódicos: Oscar, maravilloso; 27 centímetros, luego 17 más; Oscar, en plan grande: 43 y 55 en las dos del domingo. Dinero y fama llegaron, y Oscar comenzó a aparecer: en las reuniones, en los eventos, en las revistas; en los anuncios del centro comercial. Ya en el nuevo horario la gente se admiró de ver que ahora Oscar no tenía que estar enredando constantemente el largo filamento en su antebrazo; gracias a la generosidad e inventiva de un fabricante local, el pelo era enredado automáticamente por un dispositivo elomágnico, el cual, vale decir, permitió mayor capacidad de movimiento a la estrella, y mayor movimiento significó mayor creatividad, y para mayor creatividad, dijeron los productores, vas a necesitar sacarte más pelo. Oscar firmó. Gustaron sobre todo "El pelo que cambia de color", y "Figuras". Oscar maravillaba en su programa semanal. Fue pidiendo más libertad para sus actos, supervisado siempre; lo que podía y no podía hacer. Dinero y bacanales. Un buen día a Oscar de nuevo le obsesionó la causa científica de su rareza, la posibilidad de más pelos; en el fondo, su misma salud. Oscar comentó que tal vez sería bueno dejar de sacar pelo por un tiempo y trabajar con el pelo exterior, que ya de por sí era difícil de cargar, no obstante la nueva rebobinadora. De ninguna manera. Estaban al fin de otra temporada existosa, el show se iba de gira. Es mi pelo. Tienes un contrato. Oscar pidió al menos ver si su salud no estaba en riesgo. Algunos doctores se habían interesado en ver el pelo de Oscar, pero en todo ese tiempo, salvo el doctor pagado que vino una vez, nunca se permitió a nadie que lo tocara. Por fin se le internó: los análisis debían ser propiedad artística e intelectual de la empresa. Si no uno, otro médico hipocrático aceptó. ¿Cuánto queda? El secreto sería guardado con celo. Lo suficiente para una temporada más; después es peligroso. Su organismo ya funciona con el filamento. Que nadie le diga a él. Dicen que Oscar ya no quiere sacarse más pelo, comentaron: Oscar es lo que es por nosotros, nosotros lo hicimos; que se deje de cosas... El rumor creció, las opiniones se dividieron: Pro-pelo, Pro-derechos de autor. Sigue sacándote pelo, Oscar, te lo pide tu gente. ¿quién es mi gente? ¿en quién confiar? Oscar no participó en la polémica, no declaró nada, no quiso hacerlo. Recordó a sus padres, agobiados ya por la situación. Quiso seguir y volver al mismo tiempo. "Si el pelo sigue, Oscar muere". Después de la escalada de publicaciones las verdades a medias se fueron destruyendo y completando. Un pelo mínimo estaba ahí desde que nació. Salió por fin tras crecer y acumularse dentro. Después de todos estos años, el pelo ha dejado de crecer. Si se acaba lo que hay dentro, punto. Caminos misteriosos del organismo, dijo un señor. ¿Cuánto queda? Lo suficiente para... dos temporadas más, después dejamos todo, ¿de acuerdo? Que fácil fue, pero entonces vino el atentado: Un hombre, al parecer en estado de ebriedad subió al escenario y cortó el pelo cuando Oscar hacía la tercera figura de la función. Los policías detuvieron al maniaco mientras el artista, confundido, llevando la punta del ya mucho menos largo filamento en sus manos se alejaba escoltado por dos guardias de seguridad. Las tijeras cortaron dejando sólo un metro de pelo fuera. Oscar había pensado trabajar ya con lo que en todo ese tiempo se había sacado, pero ahora, apenas con un metro no podría más que dar lástima, la gente se acostumbra a la abundancia, a menos que se hiciera creer a todos que se sacará nuevo pelo, usando conexiones del filamento viejo, por lo pronto guardado bajo llave mientras se sabe qué hacer. Sí; podría ser eso o bien, seguir sacando, dijo el dueño del programa, un poco de espectáculo, el gran regreso, la gente lo pediría si se les dice. Entonces entra el guardia y dice que el pelo ya no está, que lo han robado. ¡Quién!, no saben, forzaron el armario y ahora el pelo anda en las calles. Pasa tiempo tiempo y dicen que el pelo de Oscar, si se sabe con quién ir, se vende por pedazos. ¡Fetichistas! Sí, pero también aventurados, según dicen tiene propiedades: permite pasar del sueño a la memoria, a la distancia y otra vez... Ha de ser puro relajo. Se recluye. En nombre de la ciencia te pedimos autorización para seguir, tu caso es muy interesante. En las calles protestan, dicen "no al alargamiento innecesario". Los bandos se dividen, los científicos presionan. Los estudios desconciertan: Oscar tiene menos pelo del que se había calculado. El instituto dice no ser responsable. Desconfían de todo el mundo, que alguien ha estado sacándole pelo sin que él lo sepa. No puede ser, será otra causa. Oye, no te has estado sacado pelo por tu propia mano, ¿verdad, cabrón?. Oscar lo niega, se indigna, que lo dejen en paz, que el perjudicado es él, su salud, se acaba el pelo y a joderse, no hay más. No digas eso, podemos lograr que uno falso salga de tu piel, no pierdes nada, al menos por, ¿qué te parecen 10 programas más? Oscar va a su casa, dice que le den un tiempo, al llegar suena el teléfono, el Productor, que todo se agrava: su pelo ha sido patentado, una compañía que no somos, y hay que pagarles. ¿Y si no?, el pelo te será retirado.

Un billón.

Oscar, a punto de pedir al productor que lo salve, se despide. Cuelga. Hace una maleta, toma un taxi, se dan cuenta, lo persiguen, ¡que ese pelo ya no es tuyo no lo entiendes!

¿Por qué tanto interés?, pregunta Oscar al guardia. Por un lado la ciencia, por otro no me vaya a decir que usted nunca lo ha tomado, qué, su pelo, cómo es eso, en té, no lo sabía, ya veo, en fin, si no se muriera, le pediría un poco. Ya todo el pelo que robaron se ha acabado, y la gente quiere más. Ayer lo negociaron. Llega el productor, se ve contento, ¿qué pasa?, pregunta Oscar. En el gran teatro el gran retiro, transmitido en vivo por 103 canales, el corte del pelo en televisión namundial. ¿Cuándo?, Mañana mismo. Oscar no dice nada. Duerme bien, le dice, y el productor se va. Oscar se queda pensando un tiempo, toma unas tijeras. El pelo nos alcanza para seis tés, dice el guardia, que ya viene con agua caliente, aprovechando la ocasión.

LIVINGSTON

Curioso, el caso de Livingston. Tal vez John, o Peter. Da igual. Lo conocimos en el puente de Ojinaga a Presidio, con su cara angulosa, con su pelo de elote, con su placa dorada en la bolsa de la camisa y arriba otra más pequeña con su nombre: Livingston INS. Fuímos amables, corteses, humildes, determinados, asertivos, comprensivos, atentos, luego todos nos fuimos encabronando cada vez más hasta que salimos para ir con el alcalde, como le dicen ahí, el meiyor. Vino en una troca blanca. Ese Livingston no nos dejó pasar a Austin, por favor dígale que algunos de nosotros vamos a entrevistas en una universidad, aquí traemos prueba. Siguió pelando una ramita con una navajita que traía, y decía que sí con la cabeza. Ese tipo ya es famoso aquí, dijo. Nomás se le da la gana y no da permisos, así le traigas a la virgen. ¿Y qué podemos hacer? Esperar que se termine su turno y luego ir a hablar con su jefe directo. Esperamos. Que no, que no puede contradecir una orden de su subordinado, porque sería contradecir al servicio completo. No van a poder pasar por aquí hasta Austin. Si queríamos seguir con el plan había que regresar a Chihuahua, luego a Juárez, luego otras doce horas para llegar. Ni madre. Ni madre. Ni madre. Todos dijimos. Nos fuímos a una cafetería del lado mexicano. Ahí planeamos. Si no íbamos a llegar a la entrevista, Livingston no iba a llegar a su casa tampoco, al menos hasta que le diéramos una calentada. ¿Pero cómo? Decidimos pasar a Presidio a preguntar por él, a indagar sus generales. Nos dijeron que cambiaba de casa a cada rato, que no permanecía en un sólo lugar mucho tiempo, que tenía enemigos por todos lados, que a nadie le caía bien. Fuimos al parque de "motor homes" que nos indicaron, había cientos de casas rodantes. Un lote gigantesco de tierra apisonada, con algunos bañitos aquí y allá según fuimos viendo. Decidimos preguntarle a una mujer que se veía inocente, haciéndonos pendejos, diciendo que era un familiar de uno de nosotros, que lo queríamos visitar. Desconfió pero nos dijo dónde exactamente. Llegamos. Nos podrían matar, estoy seguro que todos pensamos. Nos podrían matar como a unos cerdos, y nos enterrarían ahí o en alguna otra parte del desierto. Seguro combatió en Vietnam, dijo uno de nosotros, ya no sé quién, tampoco supe quién se alocó y fue y tocó la puerta antes de que nos hubiésemos dado una señal o lo que fuera necesario para colocarnos, ¿pero colocarnos dónde?; apenas veníamos terminando de medir el miedo cuando los nervios le ganaron y tocó la puerta y todos nos volteamos a ver, se suponía que algunos nos esconderíamos pero así ya todos quedábamos expuestos. Antes que fuera más tarde yo por mi lado (vi que Gerardo hizo lo mismo por el suyo) muy disimuladamente me fui hacia la parte trasera, pero con el corazón yo ya no oía nada. Y nada pasó. ¿Nadie abrió?, ¿o quién abrió?, regresé al frente. No había nadie, o a la mejor ahí está y no abrió. Nos retiramos, era mejor volver al rato. La puerta estaba sin cerrojo, dijo Antonio. Había que esperar por ahí. ¿Nos estaría observando? Nos metimos al carro, cuadras más allá. Luego lo vimos, lo vimos pasar en una Bronco, sucia y arreglada, con llantas anchas y grandes, como su pinche orgullo, como el nuestro ahora, que ya no quería aceptar ninguneadas de ningún gringo pendejo, porque había gran diferencia entre un gringo normal y un gringo culero y pendejo. Nos volteamos a ver y nos dijimos que sí con la cabeza. Y salimos del carro, y esperamos ya mejor colocados a que llegara sin que nos viera, en el carro esta vez sí lo planeamos, y cuando menos lo pensó el tal Livingston ya estaba en su propia casita, amarrado, viéndonos con ojos de perro rabioso, de perro echando espuma, y cuando lo vi pensé que el águila mal tatuada en su brazo también quería echar espuma. Y a mí me dio risa verlo, verle la cara así tan llena de insultos para cinco mexicanos, verle la cara tan llena de odio, y lo miré con atención mientras yo me sentía bien, la venganza me hacía bien, y le vi en los ojos que me dirigía toda la ignominia de su vida, le vi su placa, manchada de saliva que alcanzaba a escurrirle por la venda que le puso Antonio, le vi la expresión y las palabras que quería pronunciar y que afuera no se entendían y que se le iban hacia adentro y le estallaban ahí como mil maldiciones regadas por todo su sistema, y le regresaban a los ojos, que me veían, como queriéndome matar. Le di un chingazo en la cara, luego Jorge le dio otro y otro más. Los demás nomás se rieron. De nervios. Yo le di unos chingazos más, pero en silencio, y seguro que los demás también, aunque no lo dijeron.

Cuando llegamos a Juárez ya se nos había quitado lo peor del coraje. Acordamos que en las doce horas siguientes dejaríamos de agregar detalles a la imposible venganza.

SALVAR EL MUNDO

RODOLFO Y NANCY

¿No que ya no se mandaban emails?

No, ya te había dicho que no.

¿Y entonces cómo fue que me llegó una cadena para salvar el amazonas y venían justo enseguida y en dos países diferentes:

    322. Rodolfo González , Cd. De México

    323. Jennifer Wilson, BOSTON

Ah, bueno, pero eso fue por una buena causa…

¿Ah, sí? ¿Y se puede saber qué otras buenas causas comparten? A ver dame la clave de tu email a ver qué otras partes andas salvando

Ay, sí, chuchi, tus calzonsotes…

¿De qué tienes miedo Rodolfito? ¿No que son buenas causas?

De nada, pero es personal, ¿que no te enseñaron que la correspondencia es privada?

Sí pero si no tienes nada que ocultar no veo por qué no puedes mostrarme

Ay, mujer si ahí no hay nada que pueda causarte más celos,

ja, ja

Rodolfo, si me entero de que me estás ocultando algo agarro los niños y me voy

Ay, gordita no exageres, te juro que ya no nos escribimos, nomás llegó esa cadena y ya, la firmé y la reenvié y ya. Además muchas han de ser compañías gringas las que están acabando con el Amazonas

Ay, no empieces

¿O tú crees que está muy bien que maten de 150 a 300 toneladas de seres vivos por hectárea sólo para poner ganado o para poner soya que además causa alergias y no sé cuántas cosas porque esa soya no está tratada como en Japón y por eso no es lo que

Ay, ya, que sí lo leí. Pero te contradices, por fin ¿la cadena te la mandó ella o se la mandaste tú?

Ella, ella.

Rodolfo...

Ah, no, tienes razón, esa sí la mandé yo... ¿también te la mandé a ti no?, me estás diciendo que la recibiste...

No, a mí me la mandaron de la oficina

Cómo circula rápido esa madre, pero bueno bueno ¿lo firmaste?, que diga ¿le pusiste tu nombre para apoyar la causa?

(Claro que sí imbécil, nada más quité sus nombres, lo firmé y lo reenvié)

Sí. Ya te dije que sí me llegó

No, sí ya veo que sí te llegó...

¿Cómo, no entendí?

No te creas, era un mal chiste... es que como que andas muy peleonera, y yo dije que ya te llegó, je, je

Hablando de eso, ¿por qué no checas tu meil, Rodolfito?

Ya, era una broma, venga mi chiquita...

Quítese, quítese, que yo no me ando mandando correos con ningún ex novio

Ay, por una simple cadena...

ARTURO Y RODOLFO

Qué onda, caon.

Qué rollo.

No pos aquí.

Oye, no mames, cómo está huey el Daniel eh

No manches, ¿a poco a ti también te habló?

Sí, el bato me dijo que tuvo que hablarle a diecinueve cabrones que estaban en esa lista de correo...

Sí, yo estaba bien jetón y suena el teléfono como a la medianoche, era el Daniel, quién sabe qué tanto me decía, que por favor y la chingada, yo nomás le dije que sí y le colgué. Al día siguiente me habló a la oficina y me explicó. Ah, cómo será huey. Dice que ni sabe qué hizo mal hasta que lo mandó

No, pero es que con eso de los emails cuidado, antier casi tuve un pedo con Nancy por una cadena para salvar el amazonas que le mandé a Jennifer, y téngale, que le va llegando a Nancy ya firmada por los dos, uno detrás de otro

Eso quisieras Rodolfito

Más respeto, caon, te acabo de decir que me andaba metiendo en un pedo y luego tú diciendo eso

Pero aquí ni están las señoras...

DANIEL Y JORGE

Y que le hago clic en Mandar. Me quedé frío, cabrón, cuando me di cuenta de lo que había hecho. Había durado dos horas escribiéndole la cartita a Fabiola ¡y que se la voy mandando a puros cabrones, y además todos casados con las amigas de mi vieja!

Pinche bato maricón

Cállese huey..., es más, frío es poco, me quedé hiper cagado, además tú viste qué carta me había aventado...

La neta que ni la leí, la borré y a chingar a su madre

¿Pero sí la borraste, verdad? Si no para qué me quedé en la oficina hablándoles hasta que los conseguí a todos. Me estuve hasta las dos de la mañana no manches

Pues si no te cacharon con lo de la cartita, con llegar a las dos de la mañana un lunes...

No, no huey, pero nada comparado con lo que podría pasar, imagínate que uno de ustedes deja abierto su correo y lo ve su esposa y abre mi carta y se da cuenta que no era para Marce...y sí para una tal Fabiola, no, valiendo madre, ahí yo viviendo en un depa sólo, todo agüitado sin poder ver a los chavillos, no, imagínate

RODOLFO Y MEMO

Y todavía no le he dicho a Daniel lo que pasó ayer en la tarde. ¿El bato va a venir a la reunión?

Sí, ya viene con el Jorge en camino

DANIEL, RODOLFO Y OTROS

...ja, ja, ja, sí, te juro que me cagué todo, pero lo bueno es que ya lo borraron todos.

Nombre, caon, la que no supiste es que ayer en la mañana llegué a la oficina y no sé en qué me entretuve llegando, total que tuve que salir de la oficina para una supervisión y dije, ahorita regresando abro mi correo y borro la cartita siniestra de aquel bato

No, no, mames

Y camino a la supervisión, que me habla Nancy al celular, que le diera rápido la contraseña de mi correo porque iba a la agencia de viajes y necesitaba los datos de unas reservaciones, lo cual era cierto, y tu carta todavía estaba ahí, Danielito,

No, no mames

Y con el rollo de que Nancy y yo habíamos discutido por una cadena el día anterior y le había jurado que no tenía nada que ocultarle, yo ya había borrado todo rastro de cualquier cadena, bueno el caso es que le dije a Nancy que no insistiera, que cuando yo llegara a la oficina abría mi correo y luego pasaba a la agencia yo mismo,

¿Y luego?

Pues hice como se cortó la llamada mientras ella seguía insistiendo

No, no mames, son amigas íntimas ¿y qué pasó?

Ya sé que son, pero de puro milagro -porque te juro que ni lo había pensado- en eso suena el teléfono, era el Gabriel, Gabrielito caíste del cielo, y no lo dejé ni hablar, le pregunté si ya estaba en la oficina, iba llegando, pues ahí te va la contraseña de mi correo por favor borra esa madre que nos mandó el Daniel porque Nancy...

En eso zumba la llamada entrante de Nancy otra vez y le cuelgo a Gabriel , y ella con tono de voz alto, que en ese instante necesitaba la clave, que no fuera un niño, y que además sospechaba que le estaba ocultando algo y empezó a decirme cosas que si la confianza, y yo la neta no quería más broncas con Nancy, no sé si te platiqué de una cadena

¡Ya dime, y luego qué pedo!

Pues ya, le tuve que dar la clave y colgué. Pero en eso habla el Gabriel que todo en orden, que ni rastros de la cartita en mi buzón.

¡Hijo de tu madre!

MARCE A NANCY

Bueno, al menos ante los demás limpian su desmadre. Pero a veces se me hace que todavía se auto conmueve con lo que le escribió a esa Fabiola, ya van dos veces que lo vi leyendo la carta. La tiene guardada en una carpeta especial en Mis documentos.

A POCAS HORAS DEL FUTURO

Llegué a la central camionera cuando ya estaba oscureciendo. En la fila para entrar al camión a Chihuahua un tipo me sacó plática, venía con su familia que estaba siempre junto a él, su esposa con un niño en brazos, y un niño pequeño jugando alrededor. Me dijo que iba a Aldama, que tiene ya mucho tiempo viviendo en El Paso pero que ahora se había lanzado por unas cuestiones medio feas, como que traía ganas de platicarlo, me dijo que allá en el pueblo habían matado a uno de sus meros amigos, un tipo con el que jugaba desde chico, camarada de siempre, como hermanos, y pues, los otros me dijeron, no te vengas en tu troca porque estos batos te van a estar cazando, vente en camión y nosotros vamos por ti a Chihuahua, las cosas acá están muy calientes, y pues, aquí vamos, mi amigo, para ver de a cómo nos toca. Yo le dije, no, oiga, no vaya para eso, no tiene caso que la gente siga llorando más muertos. Yo lo quería salvar, quería hacer algo, me dijo que vivía en El Paso desde hacía rato, yo me dije, estoy platicando con alguien que está implicado también pero se veía buena gente, cordial, franco, quizá un poco de más porque tal vez andaría puesto de algo, no se podía saber, sus ojos parecían rojizos, pero nunca se sabe. Mientras salían los pasajeros que habían llegado de varios lados y preparaban el camión, me dijo que su papá le había llamado y le pidió que le prometiera que no se metería en la pelea, que no fuera al pueblo más que al funeral y no armara bronca con nadie, que no quería un hijo muerto. Yo le dije, piense en su papá, y en sus chavos, mírelos, imagínese que pierden a su papá, y en su señora, piense en ella, y en su jefa. Me impresionaba pensar que si este tipo no le hacía caso a su papá, en efecto, se convertiría en hombre muerto a los veintitantos, si acaso tendría treinta años. Y en su rostro se veía miedo, y rabia, y la calma perdida, a pesar de no verse tan alterado, a pesar de no notársele nada, había ahí una pérdida, estaba registrada en su gesto la posibilidad latente de que su vida terminara pronto y una especie de valentía implacable que es capaz de llevárselo todo al gran resumidero. Pasamos por fin al camión y le reiteré de nuevo mis comentarios para que no entrara en una dinámica destructora, no más gente llorando, no más tristeza, no más muertos. Me senté en el lugar que me asignaron en el boleto, y el tipo con el que había platicado siguió hasta colocarse con su familia en la última fila de asientos, muy cerca del baño. Poco después de que el camión arrancó me levanté de mi lugar y fui acercándome al baño por el pasillo. Él se puso en estado de alerta, sobre todo cuando abrí la puerta que estaba muy cerca de él. Seguro durante todo el viaje estaría tenso y haría lo mismo ante todo el que pasara por ahí. Entré, oriné, sonó el sistema de evacuación, abrí de nuevo la puerta y salí, ante la mirada desconfiada, preocupada y pendiente de quien iría a su pueblo a defender o vengar la muerte de uno de sus hermanos de vida.

Yo fui y me senté en mi lugar a la mitad del camión, sin poder dejar de pensar todo el camino cuál sería el futuro que le esperaba a aquel tipo; cuál sería el futuro que a todos nos esperaba.

SEIS FUGAS A LA MEMORIA DE MI PADRE

NOTA: Los siguientes seis cuentos pueden leerse de principio a fin como se hace normalmente, leyendo de arriba a abajo cada una de sus páginas. Además en cada relato se pueden leer tres mini historias, si sólo se leen 1) las partes superiores de las páginas; 2) sólo las partes del medio; 3) sólo las partes de abajo de las páginas. Como en una fuga musical a tres partes, en cada cuento se cuenta una historia global compuesta por tres historias que se enlazan.

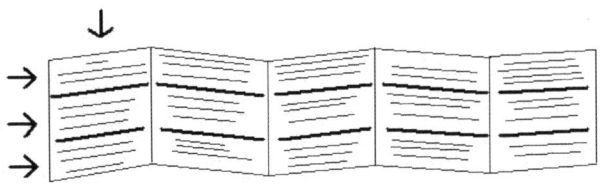

PRIMERA FUGA A LA MEMORIA DE MI PADRE

Mi padre mexicano nació en El Paso. Mis abuelos lo llevaron a nacer ahí porque a mi abuelo se le murió su primera esposa dando a luz y ya no quería correr la misma suerte. Mis abuelos cruzaron la frontera y mi padre nació americano. Regresaron a Juárez donde mi padre vivió su infancia. Juárez es más bravo que Chihuahua. Hay que defenderse desde antes.

Creo que a mi papá le caían mal los vecinos. O bueno, no se sentía muy a gusto con ellos. Pero los apreciaba. Ahora que he vuelto a Chihuahua a acompañar a mi madre creo que los vecinos me aprecian igual que antes. Excepto la señora, Alicia se llama, quien ya no me saluda.

Nunca hemos tenido que cruzar la frontera ilegalmente. Siempre tuvimos pasaporte para ir al paso. A mis papás les gustaba ir a El Paso. A mi mamá le gusta ir a El paso. A mi hermano le gusta ir mucho a El Paso. A mí me gusta, y me gustaba, me emocionaba, me podía hacer llorar hasta que me llevaran a El Paso cuando ya habían dicho y hacía mucho que no íbamos y ya nos habíamos programado. Porque había algo. Además de mis primos, que eran americanos y hablaban español, y mis tías y tíos, había un mol. Había dos. Había maquinitas. Había todos los juguetes. Había satisfacción. Había algo en lo americano que lo hacía mejor que Chihuahua, algo diferente.

La gente de Chihuahua es diferente cuando va a Juárez y es diferente cuando va a El Paso. Mi papá y sus hermanos y mis abuelos vinieron a la ciudad de Chihuahua cuando mi papá tenía quince años. Cuando mi papá tenía dieciocho años. Mi papá llegó a Chihuahua a los diez años. En los veranos se iba a un rancho en Satevó, no sé si le gustaba mucho. Parece que los parientes rurales fueron más bravos con él que cualquier niño de Juárez.

Mi papá se fue a Chicago a los veinte. Allá duró cinco años. ¿Cómo habrá sido su vida? ¿Cómo habrán sido sus vecinos? ¿Sus amigos? ¿Con quiénes vivió? Algunas veces platicó que allá había vivido con dos hermanos que eran de Monterrey. En Chicago tuvo una Harley y la vendió pronto. Un amigo se le adelantó en la carretera y se mató en un árbol. Tuvo algunas novias. Trabajó en una fundición de acero. Estuvo a punto de trabajar en una compañía de aviones. Luego a alguien allá se le ocurrió que mi padre podría pelear en una guerra contra Korea y mi padre regresó a México. Tenía veinticinco años.

Tenía veinticinco años y al retornar de Chicago mi padre no se quedó en El Paso, como tantos parientes del lado de mi madre. Volvió a Chihuahua, donde veinte años después nació mi hermano y cinco años después yo. Aquí se dedicó al negocio de _____.

Tal vez mi padre dejó de ir a la frontera hasta los veinte años. Pasó diez años en Chihuahua yendo a la escuela de comercio y trabajando. La vida y las oportunidades hicieron que lograra poner una fábrica de _____ y se casara con una mujer que poco antes había terminado con su novio de muchos años, un novio excepcional, un novio perfecto, un novio que nunca le dijo a mi mamá, nos casamos hoy.

Mi papá ya la conocía. Se la encontró en un baile y dijo de aquí soy. Se casaron a los diez meses. Nosotros nacimos varios años después. Mi papá es un buen hombre.

Mi mamá se llama Aurora. Mi mamá es la lotería. Como dijo mi tío hablador, tú papá se sacó la lotería, y sin comprar boleto.

No sé cuánta lana habrá hecho mi jefe en Chicago. Tuvo una novia que se llamaba Penélope. El padre de Penélope le ofreció estudios si decidía quedarse y hacer feliz a su hija. Mi padre no se quedó. Se acordaba bien de ella, pero ignoro la importancia, duración, estilo, constancia de esa relación. ¿Cómo sería ella?

Mi papá tuvo una novia aquí en Chihuahua antes de casarse con mi mamá. Se llamaba María Elena o Ana. Duró algún tiempo con ella pero creo que no le gustó al final porque ella era medio mojigata. Obviamente esa represión sexual de la mujer le habría dado dividendos sexuales a mi padre si él hubiera podido esperar un poco o intentar de otra manera, pero mi padre sólo nos contó eso y yo no estoy aquí para juzgarlo. Ya dije que mi papá es un buen hombre.

Mi mamá se lleva muy bien con todo el mundo. Tiene una buena amistad con los vecinos y suaviza toda exaltación que suceda, para que nos llevemos bien. Desde hace años ella es la que trae el dinero a la casa. Pero no siempre fue así. Mi papá por muchos años trabajó hasta poner su negocio. Luego compró un terreno más grande. Luego otro. Luego López Portillo o no sé bien qué pasó, algo dijeron en el radio que hizo a mi padre poner una cara que nunca le volví a ver. En ese entonces, cuando cerró la fábrica hicimos un viaje.

(Poner un anuncio en Chicago buscando a Penélope)

¿Cómo sería Penélope? Desde antes que muriera mi padre yo había pensado ir a Chicago a la dirección que él tenía allá. Con suerte llego a saber también de la mujer.

Mi papá me pareció siempre un tanto mojigato, pero por algunos comentarios que me hizo, ahora estoy recordando, tal vez con el fin de darme a conocer un poco de esa faceta de su vida previa al casamiento con mi madre, supe que igual mi papá:

a) ¿Se habría divertido con las mujeres?
b) ¿Habría pecado?
c) ¿Habría sido un macho?
d) ¿Hizo el amor?

El viaje que hicimos a California fue especial. Duró un mes y recorrimos San Diego, Los Angeles, San Francisco y Las Vegas. Tenemos muchas fotos de ese viaje. Mi hermano y yo íbamos atrás de la troca en el medio camper y mis papás adelante. Yo estaba emocionado con los pitufos y muchas cosas en ese entonces. Mi hermano mayor lloró el día que salimos rumbo a San Diego. Se me hizo muy raro que hiciera eso.

No sé si mi hermano mayor sabe más de la historia de Penélope. Voy a llamarle para saludarlo y preguntarle sobre las cosas que le contó mi padre. Qué bueno ha sido mi hermano con mi padre. Qué bueno he sido yo conmigo. Sería muy bueno que mi hermano y yo pudiéramos ir juntos a Chicago, eso sería muy bueno.

¿Cómo se comportaría con las mujeres mi padre?

Eso habría que habérselo preguntado a él. O a mi mamá. Pasó cuarenta y cuatro años con Él. Y mi madre fue muy feliz, y mi madre fue desdichada, y mi madre fue muy feliz, y mi madre fue desdichada. Qué extraño. Yo también perdí a una gran mujer. Pero ella sí se fue.

Como si supiera que pronto el país se vendría abajo.

Y podríamos hacer un recuento de los detalles sobresalientes, pero nada sería como antes.

DEPORTE CEREBRAL

De todo tengo una opinión de mí. Si soy si no soy si estoy tenso si no, si comí, cuánto comí, si fui al baño; de todo quiero decir. No importa qué. Y me acuerdo de cosas que hice, que dije, imágenes que leo en no sé qué ni cuántas pantallas.

Ayer fui a un juego de futbol. Fallé un penalti. Hace dos semanas metí un penalti y ganamos. Ayer fallé un penalti y perdimos. Y me sigo repitiendo el tiro y lo pinche cansado que estaba y si no fuera por el faul que no marcaron no nos hubieran empatado. Pero ni pedo, así es esto. Además participé en dos goles en el tiempo regular.

La imagen se repite, el balón sale de los pies y llega a Saldívar, Saldívar dribla y pasa a David. Yo le dije que se la pasara. David mete gol. Moi dijo que estuvo buena la jugada, no tengo claro si Saldívar fue el que dribló al portero o si fue David el que dribló y tiró. Pero la tendencia ofensiva la tuve yo, al iniciar la jugada. Luego fui y rebané la pinche bola en la muerte súbita.

Sin embargo es en el hígado o no sé dónde será que se sienten las cosas. Lo que le pasa a uno. O en el cerebro, no importa.

No el hecho, su multiforme descendencia en la memoria.

Y otra vez el tiro y el pinche chanfle qué pedo, por qué agarró chanfle, qué pedo con ese chanfle si el tiro iba a la izquierda recto como la otra vez, pero se abrió y pegó en la pared y todos se callaron. Aunque no debían olvidar que yo había participado en dos goles con los que le dimos la vuelta al marcador en el tiempo reglamentario. Debí decirles antes del tiro que esta vez, a diferencia de aquella cuando metí el penalti y ganamos, ahora me sentía muy cansado, y traía unos tenis que no eran los mismos.

Hoy hablé con Moi y dijo que nadie se quedó pensando en el penalti, que había gustado más que el equipo ya está agarrando consistencia y pudimos haber ganado el juego si no es por el faul que le hicieron a Saldívar al último y no marcaron.

Pero yo creo que si debe ser posible desprogramar esa función. La de repetirse tanto los hechos que ya pasaron. O de alguna forma lograr que la percepción sea más abierta para absorber enteramente los momentos y no llevar tanto guardado.

Luego todos los detalles cuentan. Por ejemplo ese mismo día también me visitó una amiga, y yo sé bien que a los futbolistas en el mundial no les permiten contacto con las mujeres. Pero cómo iba yo a decirle a Helenita oye tengo un juego después de tanto tiempo buscándola.

Saliendo del juego le volví a hablar a Helenita pero no estaba. En el camino a mi casa me cayó el veinte: El penalti que sí metí cuando ganamos fue por concentrarme solamente en la bola. Y ayer primero vi la bola, luego al portero, luego la mirada del portero, luego el espacio entre la portería y el portero, que se había movido un poco a su derecha, como sabiendo que por ahí era, luego me dijeron vamos, sí lo metes, luego el árbitro pitó y me di cuenta que poco después yo estaba corriendo hacia el balón para tirar un penalti, y al pegarle a la bola yo ya estaba viendo hacia donde yo pensé que iba a salir, pero no, salió un tiro diferente, fuera de la portería.

Pero a la próxima.

El cuento **EN UNA TROCA NEGRA, fuga a tres partes**, está construido mezclando un cuento del autor (EN UNA TROCA NEGRA, que va por la parte de arriba de las páginas), con dos partes diferentes del testimonio de un migrante mexicano en los Estados Unidos, posteriormente entrevistado por el autor (partes del medio y abajo de las páginas).

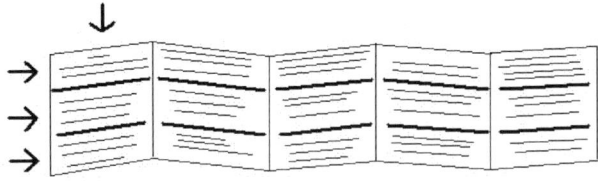

EN UNA TROCA NEGRA, fuga a tres partes

Se me hace que alguien está en el cuarto de enseguida, y sabe que vengo escapando. Me cortaron los frenos de la troca. Pero me la pelan. Estoy a quince horas de Juárez. Ahí creció mi padre. Yo vengo a renacer o a salvarme. Pinches gringos, algunos. Son un chingo. Me cortaron los frenos de la troca, pero esa madrugada mi padre, o yo, después, del trabajo, presentimos, quién sabe, revísala antes de arrancarte. Me cortaron los frenos de la troca durante la noche, culeros, pero bueno, pensaron que podían.

---

no sabíamos cuánto iba a durar, nosotros íbamos a la deriva, sí me entiendes, íbamos como la gente ahorita, al sueño americano, no sabía ni a qué iba, yo por la edad, yo creo que no sabía ni a qué iba, iba de vago, quiero ir, un tiempo lo tuve por los deportes, admiraba a los deportistas, no ir a la vagancia total sí me entiendes, y ahí estábamos en TJ, y luego de repente a ver puedes hablarle a tu familia, le hablo a mi mamá, aca mi mamá en lágrimas, qué andas haciendo allá, necesito el número teléfono de mi tío, el hermano de mi mamá, que vive en California, cómo te lo voy a dar, no puedo, y llorando, ¡regrésate!, toda triste, cómo le vas a hacer, total acabó dándome el número, pues pasó otro día para que yo pudiera llamarle a mi tío, por los horarios, los coyotes saben cómo está el movimiento, en qué horarios se mueve la gente de allá, ya saben la rutina de los gabachos.

Un día quisimos entrar a trabajar a la obra, jalar de chavitos en la obra, en vacaciones un verano, pero al rato nos escapamos por un boquete en un muro, así cosas así siempre, vagos siempre, entonces vámonos, vámonos a EU, okei, ¿le vas a decir a tu mamá?, no yo no le voy a decir. Ya alisté mi ropa, tipo película de que me voy a ir a de la casa, Mario lo propuso, este bato yo y el gordo, Mario el gordo y yo, no teníamos ese plan, ese día lo empezamos a formular cuando Mario llegó diciendo que le había robado una lana a su tío que tenía una refaccionaria, humilde él y su familia, era un chavo muy tranza.

Yo también pensé que podía. Diez mil dólares tirados a la experiencia, pinche abogado y pinche vieja. Pinche Marilyn, pinche Marlin más bien, como comía la cabrona y cómo le gustaba coger. Eso estuvo bueno, aventarte tu propio riski bisnes, cogiendo en la escalera y todo, pero el trato era diez mil dólares, el casamiento y luego de un año los papeles; a huevo, a poco así nomás uno se va a arrimar a una fodonga de esas. Y claro, se quiso quedar con todo el paquete, pero ni madres, ¿tú crees que yo iba a estar con una morra así "para siempre"? Ni de pedo. Y claro, el hermano escuchó la versión de ella, no sé, you know, I wanted to make some dough on him but now I wanna keep fucking him forever y el hermano, my sister dear, dont worry, y su pinche hermano empezó a joderme con que volviera a la casa de la gorda más rubia, pero ya había pasado más del año y nada. Yo no era "americano" aún, y luego el pedo para el divorcio, pinche vieja.

---

uno no sabe como mexicano, pero total, mañana le hablas a tu tío, dile que necesitas 300 dólares para pasarte, a los 14 años cómo le voy a pedir 300 dólares, a ese tío yo lo admiraba porque mi tío llegaba a visitarnos cuando estábamos chavitos, hemos sido muy unidos, has de cuenta que llegaba mi tío que fue a la guerra de korea, hermano de mi mamá, mi tío era ciudadano, llegar en una van, en los ochentas, sí me entiendes, ya ahorita está todo agabachado, antes la cosa era más sorprendente, California, placas de California, mi tío, su ropa, yo admiraba todo, de repente venía sólo pero a veces venía con mis primos, el primo cholo nunca fue, pero llegó a llevar al que te digo que estuvo en el army toda la vida, y al otro que te digo que es contratista, grandotes, gabachos, tienen apariencia gabacha, nacidos allá, mi tío es de Primores

---

Haz de cuenta, yo vivo en la pura salida Primores a Chihuahua y mi hermana tenía un carrito de hot dogs afuera de la central de camiones y pasamos a las 11 de la noche por el carrito de hot dogs, y todos los demas los amigos que no se quisieron ir fue cuando le dijeron a mi hermana, ahí va tu hermano, en ese camión, van a Tijuana, ¿sí me entiendes?, ahí ya no supe nada, como que en el plan inicial no decía. Mi tío un día me dijo, ¿por qué no se quedan en México tantos mexicanos? Y me pareció que pasó un minuto, y me pareció que pasaron diez años.

Total, ahí ya no se iba a armar ni madre. Vengo en la troca, estaba a nombre de ella, y mío, pero a la chingada, regreso a mi tierra y abandono la troca en la frontera. Me espera mi noviecita. Le mandé unas fotos, salgo yo y atrás la troca, chingona recién comprada. Brilla la cabrona. Pero ni pedo, la troca a final de cuentas vale madre. Lo que no vale madre es que

---

él se fue de inmigrante también, ya ni sé desde cuándo, yo creo hace mucho tiempo, mi tía es chicana pero de Zacatecas, mi tió se fue al army, se hizo ciudadano, estuvo en korea yo siempre admiré un pañuelo que le mandó a mi mamá, la foto de mi mamá pintada en el pañuelo, yo ya me quería ir a los EUA, ver a mis primos con tenis americanos, ropa gabacha, dólares, yo tenía en ese entonces unos ocho años, mis primos tendrían como unos doce, y verlos así, hablando inglés, sí me entiendes, entonces te crea una ilusión, yo creo que en esos entonces los EUA era más sano, total.

---

el camión yo creo duró dos dias para llegar a TJ, sin ningún cinco yo y el Gordo, el Mario controlando el dinero, la comida, todo así, ya era cuando empiezas a decirte, a dónde voy, y la chingada, pero de vago, a los catorce, abandonar la escuela, todo, por irte al desmadre, llegamos de noche a Tijuana, en cuanto nos bajamos ya nos tenían medio asustados unos tipos de una Van, unos rucos acá ya mayores, no, yo trato, dijo Mario, mi amigo el del dinero, porque se creía de la calle él, yo soy, hago deshago, yo era muy vago pero este era más vago que nosotros, y ya, de repente estabámos trepados en esta van, escondidos porque no nos dejaban asomarnos, ahí vamos, a los 14 años en la noche, en Tijuana, los típicos perros ladrando, en una colonia, cerros, ya ves que tj en ese aspecto es horrible...

que hayan pensado que yo iba a salir a morirme ese día y llevarme de paso a unos cristianos. Vayan a cortarle la manguera a su chingada madre. Pinche motelito, siento que me escuchan, que en el cuarto de enseguida me están oyendo, lo presiento. Para mañana estoy en Juárez, no sé bien cómo va a ser todo allá, pero aquí ya no da para más, siento que saben que estoy aquí, ya van dos veces que oigo ruidos como que un carro se estaciona o prende las luces aquí enfrente y abro la cortina pero no alcanzo a ver si hay alguien en el carro, ese carro no estaba aquí hace una hora, ya valió madre, lo saben, me rastrearon, me vienen persiguiendo, o ya vienen por mí y mandaron alguien para que no me fuera,

---

Esperar, porque al Gordo y al Mario ni esperanzas que les contestaran porque para empezar el gordo no tenía a nadie allá y Mario conocía a un tío pero no sabía ni dónde estaba, ¿cómo se fueron así? A lo que se siguen yendo los mexicanos, a ver, sigue igual todo eso, aquí viene la historia cuando hablo con mi tío, me puso una regañada, primero que nada, que por consideración a mi madre, cómo me voy así, está bien, habló con los coyotes, se hizo un acuerdo,

---

ah cabrón dónde estamos, mañana los vamos a pasar, sí los vamos a pasar, aquí les vamos a dar comida, pum se cierra la puerta del cuarto, nosotros todavía con la euforia, de los EUA ya estamos en Tijuana, no, que yo quiero hablar con mi familia, no hasta mañana puedes hablar, ya, le hablo a mi mamá, por fin me toca una llamada como a la una de la tarde del siguiente día, si querías comer tenías que pagar por la comida, el almuerzo lo que fuera, sí, sí almorzamos la primera mañana, porque aquel traía dinero sí me entiendes, no sabíamos cuánto traía.

aquí puedo ver la troca sin que me vean, en una de esas de repente salgo y me meto a la troca y no dejo de manejar hasta que pase el puente y vea lo feo que debe seguir siendo esa ciudad, lo bonito que voy a sentir cuando vea esa pinche ciudad fea, polvosa, pero polvo hay en todos lados, y hay menos nieve, pinche nieve, ya me tiene hasta la madre, ya no es la excepción, los dos días al año, los bolazos y las corretizas, no; aquí es puro palear y palear en las mañanas, y hacer corajes todos los días, y resbalarse, y manejar despacio, y a veces, de repente, cuando ya pasó todo lo peor, ver los pinos nevados y justificar el frío y la chinga diaria y la distancia. Pero ya nada más quince horas, y métanse su país por donde quieran.

---

yo sin enterarme, ok vas a salir de noche tú, ya me despido de mis amgios, como a las, es más, perdí la noción del tiempo, has de cuenta que te encierran aquí pero sin ver nomás que la luz del día, se mete el sol sale el sol, tres días estuve yo ahí, vámonos te toca, ya alistaron a una pareja y otra gentes que ya habían llegado, ya se había acumulado más gente, vámonos, tú te vas, vas a salir, me despedí de Mario y del Gordo, no, mañana te caemos nosotros allá con tu tío, ya que le digas, con la esperanza, sí me entiendes, todavía seguían pareciendo las cosas medio fáciles para ellos, sí recuerdo que me dijeron oye dile que si nos presta, era en el 86, eran 300 por cada uno, ahorita ya son 3000 dólares, hasta 4000,

---

órale vamos, agachándose todos, agachados, ahí vamos, a la casa esa, que entro y todas las paredes llenas de gente, la casa vacía, nada, la casa vacía, gente de todos colores y sabores, no había tele no había nada, cortinas en la ventana y se chingó, me acuerdo que entré así agachándome, caí en un cuarto, y en ese cuarto duré un dia y medio, desde la mañana, sin salir porque era hasta que entraba la llamada con mi tío, estar sentado, estar sentado en la pinche sala esa, pero cómo te dormías, dónde estoy, qué me van a hacer, qué chingados sigue, estábamos todos sentados, has de cuenta cuando tenías que ir al baño no te podías parar, te ibas gateando, salías por la puerta luego ya llegabas a un punto donde podías pararte para ir al baño, luego salías del baño y regresabas a ver si no te habían ganado tu lugar, se hacían discusiones, había de todo, señoras, muchachas, adolescentes, yo creo que en ese punto del viaje todos estábamos como yo estaba, con el temor, al menos por un rato, porque luego la cosa se pone buena, y ahí viene uno de regreso, pero a otro estado, con otro patrón, con otros paisanos, con otros bares, con otros safeways y otros markets pero siempre los mismos para ir a comprar fruta brillosa y encerada, frutas de arena, insípidas de a madre, pero eso sí, vistosas y bonitas, como si se las comiera uno con la vista, como si nada más fueran para los ojos. Aquí tienen la boca en los ojos, por eso engordan tanto, todo lo que ven se lo atragantan, pero no conocen los sabores reales de nada, nunca los han probado, saben el color exacto y la forma de la comida, pero adentro están tan insípidos como lo que comen. O todo es sabor artificial.

me toca, me meten a un carro, me agachan, era como un tipo troca porque íbamos varios, salimos, se abre un portón, perros ladrando, colonia, cerros, manejar manejar nomás se veían las luces de la ciudad, bájense, un llano, se veía la ciudad acá Tijuana siempre está en alto, me entiendes, 14 años, en la oscuridad, me bajo están como cuatro de los que nos llevaban se entrevistan con otros dos, no se muevan de aquí y la madre, éramos como unos 10, una señora con un bebé, parejas sureñas, más bien, estos los van a llevar, les van a hacer caso, o les va mal y la chingada, con tono para intimidar, sí me entiendes, porque a lo mejor tú resultas más cabrón que ellos, por ejemplo coyotes han sido robados, yo conozco historias de chavos que han robado a coyotes, yo trabajé con varios así, si yo tenía 14 años yo creo que uno de los coyotes tenía 15 o 14 igual que yo y el otro era un treintón, súbanse, nos subimos a una van, yo lo veia como a un chavito de mi edad, pues ahí ya

dónde estoy, como mexicano, me puse a ver, esto hueyes cruzaron por donde yo crucé o peor o mejor, yo llevaba tres o cuatro días para estar en ese punto de esa casa, y no por ser payaso, ni nada, pero yo de perdido, en Primores, como yo había tenido ciertas experiencias en Primores, y ahí había mucha gente como sureña, pasó ese día y medio, a ver, llega un tipo y me llama, ya puedes llamarle a tu tío, era el día de la serie mundial de los dodgers, ok, contestó mi tío, ya lo tenemos aquí ¿Qué onda? ¿Cómo nos vemos? preguntaron los polleros, yo nomás escuché la palabra Carson, a ver siéntate, no puedes hablar no puedes preguntarles a ver qué vas a hacer conmigo, los polleros andan en su mundo, te lo juro que no sé si pasó otro día o era esa misma tarde de esas veces en que crees que son las 7 de la tarde y son las 7 de la mañana

Afuera está la troca negra, como un caballo esperando, como sabiendo que hay que escapar, como sabiendo que no ha sido lo mejor pero diciendo ni pedo, así es esto, ya está decidido, no me voy a quedar a medio camino, que es como decir el camino entero, porque luego para irse de un lugar, así dijeron muchos, nomás de paso, y la vida se los tragó metidos en un pueblo extraño, metidos a sobrevivir con los paisanos, arrejuntados en una cantina, para   recordar y olvidar. Pero a mí lo que me queda olvidar es todavía poco, todavía estoy a tiempo. Voy a salir de una vez por todas. No sé qué van a hacer los que me acechan. Si me persiguen, o me disparan, allá ellos. Si dejan que me suba a esa troca, no me paran. Ahí voy.

---

vamos, otra vez avanzando en la van que nos trajo, como a las once de la noche, frío, estaba oscuro, acá Tijuana y acá no sabías ni a donde ibas, yo pensaba en ese entonces yo creo en un par de horas nos cruza, pues ahí empieza, en la troca esa, otra vez escondidos, nadie habla, un silencio entre nosotros, de la que nos bajaron, nos subieron a una van, los coyotes platicando en voz baja, cuando de repente nos paramos, bájense, era como un cerro, como un pinche cerro así, y uno de ellos, el chavito camina y en eso sale otro de la oscuridad, y el vato de la van se arranca, ámonos, a caminar, ahí empezamos a caminar, todo esto eran las orillas de TJ, ahí se quedaron de ver con el nuevo coyote que apareció, y empezamos a caminar y a caminar, a caminar los cerros, los cerros, de repente

---

vámonos, me dicen que ya está todo arreglado, salgo a la misma cochera, un carro negro, un carro negro un carro bien, me entiendes, yo todavía pensaba en esas pendejadas, ah qué suave carro, vámonos, y me suben atrás me cierran las puertas ahí vamos, yo sentado atras de un carro, tanta cosa que iba pasando en mi mente, de repente en el free way , ver el estadio de los dodgers, bip bip, las trocotas gabachas, los angeles, los angeles california, en los ochentas era el apogeo de Los angeles, empezamos a pasar por un barrio muy bonito, las casas , un complejo no de mansiones, pero un suburbio nuevo un suburbio con casas bien bonitas, con típicas gabachas bonitas, los polleros se paran en una esquina, yo ahí no tengo ni noción de dónde estamos, y de repente veo

ya avanzada la noche y luego veías que de pronto salían grupos, a unos treinta metros entre los cerros las manaditas con otros coyotes otros grupos como sombras caminando, no les vayan a decir nada, no les hablen sigan caminando, los coyotes se saben toda la trayectoria, entonces un ruco empezó a decir no puedo no puedo, ¡ándele cabrón!, quieren tomar agua, no pos que sí, y llegamos a un cerco, ahí donde tomaban las vacas, ahí hay agua y la madre, en la oscuridad no ves, nomás tientas el agua, me acuerdo que me lavé, no tomé, es tanta la oscuridad.

sale mi tío, de una casa muy bonita sale mi tío, se baja el coyote, empiezan a hablar, yo escuchaba poco, de repente sale Gabriel, un primo al que todavía no conocía, detras de mi tío, el hijo de mi tío que yo no conocía, güero, vestido no cholo mexicano, pero así con su patalon levis y su camisa blanca, blanquisima, sus tenis nike acá blancos blancos, pero muy dado, el bato ya había estado en prisión, acá amarradote grandote, sí me entiendes, pas, que se mete en la discusión, mi tío ya iba a pagar pero yo no entendía bien, con mi inglés de la secundaria, y se hace una discusión, entre mi tío y gabriel y el coyote así nomás como alerta y el del carro también como alerta, luego de repente, bájate y me bajo, mi tío me saluda nomás así, luego llega el gabriel soy tu primo, y entré a la casa, imagínate, después de estar en esos pinches cuartuchos, bien culero, eran como las siete de la tarde ya oscureciendo, entro y una cocinota, mi tía, mi tía es igual que mi tío, cuando yo tenia 14 años ellos tenían cuarenta y tantos años, mi tía bien religiosa, mijo ésta es tu casa, Gabriel me dice, vente, vamos a ver tu cuarto, luego supe que la discusión allá afuera fue poque Gabriel era bien malandro y quería robar a los polleros la lana que le dio mi tío, subí al segundo piso, abre una puerta un cuarto acá con estereo, tele, calcomanías gabachas de patinetas, era el cuarto de Benjamín, mi primo que estaba en korea, a ver báñate, ropa no hay pero ponte esta ropa de Benjamin, eran Benjamín, Gabriel y Daniel, gabriel es el cholo el desmadorso, benjamin es el perfecto soldado, dani es el contratista. Mi tío le llamó a mi mamá, yo muy bien.

PLAYA

La pared quebrada está a unas cuadras de donde vivimos. Era una contención para las casas de playa que el mar rompió en el huracán hace dos años. Nos gusta ir ahí cuando vamos a la playa. Hay un pilar diagonal que apuntala una nueva barda quebrada o una suma de los grandes restos no caídos. En los bloques quebrados nos sentamos a platicar. Luego poco a poco vamos entrando.

El mar ahí es una licuadora. Antonio fue el primero, dijo aquí hay un pozo. Yo no
entendí hasta que quise nadar a una ola, sentí cómo de pronto el cuerpo entró en la
corriente de un espacio revuelto y oscuro, como un acuoso párpado gigante.

Los ojos bien abiertos, con el sol en la cara después de salir, con la sal (lavada) en la cara, con los brazos y piernas y el cuerpo a la deriva en la arena, cada vez más lejos de la playa, del mar. Quieto.

El lugar donde estamos reaparece, por primera vez como si hasta entonces el único lugar
fuera - nosotros, el único paisaje. Nosotros. Pero no. Una mujer. Las olas, los guijarros, el cielo. El sol reluce. La vida envejecida juvenece. No hay tiempo.

Nace el sueño. Nace la mirada. Nace el vuelo.

Una llaga en forma de espiral el cuerpo.

Hay una música solar en mí.
Hay una música lunar en mí.
Hay una fuente de contacto.
Pero no estoy ahí. Estoy aquí.
En medio de la nada reaparezco.

Estoy pensando.

LAS RUINAS DEL SANTUARIO

De ayer a hoy me ha pasado algo. Creo que todavía no sé bien qué, aún no sé explicármelo. Elsa y yo fuimos a las ruinas con el grupo de exploración, a lo que quedó del santuario, y creo que todos sentimos que algo, el piso se movió, o fueron los árboles que lo rodean o fui yo y todos pensaron fui yo pero sintieron también los demás y de varias formas lo fuimos platicando. Al principio todos nos quedamos callados por mucho tiempo, hasta que empezamos a hablar en el camino de vuelta. Algo me ha pasado.

Me paso haciendo cuadros con rayas cuando escribo, o bueno, antes de escribir dibujo en el vértice, en cualquier vértice de los márgenes alguna figura siguiendo las líneas rectas y luego los sombreo, o le hago líneas diagonales que se van abriendo como rayos de sol o el logotipo de algún tequila, o le voy agregando curvas y garigoles simétricos por fuera del cuadro hasta que viene un trazo que desequilibra la simetría y lo vuelve algo más como símbolos en las cosechas de mi diario. Tal vez hasta han de significar algo.

Ya no tengo amigos. Me los he madreado o les he mandado cartas inflamantes o intentan hacer algo en mi contra y ya no confío en ellos. Por eso cuando quise reunir firmas para salvar el santuario no me hacían caso, excepto por Marcos, pero estoy seguro que firmó porque se quiere echar al plato a mi esposa. Nomás que lo vea otra vez galanteándole le voy a poner un alto, y si sigue, pues unos chingadazos.

Oscilo entre querer resolver todo antes de vivirlo, y luego, ya después de los hechos, repasarlos, no querer olvidarlos. La memoria de los hechos me sorprende o me sorprendo al ir descubriendo más hechos de los que creí haber vivido. Íbamos cinco personas en mi carro, ya habíamos ido tres veces antes al santuario, pero ahora que lo recuerdo me parece como si hubiéramos hecho ese viaje hace muchos años, y apenas ayer lo vivimos: Elsa, yo, Gabriel, Matilde y Marcos.

Cuando veo un símbolo, o lo que parece ser un signo extraño siempre me pasa lo mismo: entro en una especie de silencio profundo, como dejando que me hable en su propio lenguaje, no intentando leerlo ni descifrarlo sino volviéndome yo una página en blanco para que el símbolo escriba sobre mí con su propia tinta, con sus propios vocablos que luego voy leyendo en la página como en un pequeño milagro.

Las firmas de los demás siempre me han atraído, qué extraño que un garabato sea lo que dé validez a lo que uno establece y apoya como cierto o legal de sí mismo. En este mundo de acuerdos y peticiones las firmas son la entrada a un espejo no tanto de lo que somos sino de lo que queremos adueñarnos. Me preocupó que a Elsa le gustara la firma de Marcos. Se me hace que ese cabrón nomás nos anda tanteando.

Ignoro si mi conciencia está reproduciendo todo esto como pasaron las cosas, llegamos por el camino que va por las arboledas hasta llegar al pie del pequeño cerro que hay que subir para luego bajar al santuario. En esta época del año hay muy pocos visitantes y por eso pensamos que acampar una noche sería bastante sencillo, sería cosa de dar un dinero extra a los guardias. Al menos en eso no erramos. También les encargamos que estuvieran pendientes de las luces que se acercaran a nuestro carro. Y así, muy campantes cruzamos la puerta y nos fuimos adentrando. El sol se estaba metiendo.

De pronto me siento lleno de una luz que no sé si es brillante, una luz que, más que observarse se filtra hacia mí como si fuera la respiración de objetos inanimados, siento de pronto que ya no estoy en el mundo donde existe el santuario, pero no podría comunicarlo.

Cuando pasamos al templo que está en la hondonada a mitad del paseo yo no podía menos que notar que Marcos estaba constantemente buscando pretextos para acercársele a Elsa. Yo empecé a sentir cómo el aire se volvía cada vez más pesado. Mientras más caminábamos yo sentía que estábamos entrando a un lugar que era como una especie de ausencia.

Supe hace poco que uno puede vivir tan sólo de sol (y de agua) si se le observa a las horas adecuadas. Pero qué hacer cuando uno comienza a sentirse más débil y el sol ya se ha ocultado hasta nuevo aviso. Y yo eso sentía, que iba perdiendo energía conforme explorábamos el nuevo recinto, mientras nos maravillábamos yo al mismo tiempo me iba opacando, los escuchaba diciendo cosas, palabras, como si ya sólo fuera un único sentido –escuchar - el que me mantenía conectado levemente a ese mundo envuelto en un murmullo infinito. No sé cómo seguí con ellos durante el trayecto, no recuerdo que mis pies caminaran.

De pronto vi a Matilde muy cerca de mí, tomándome la mano. Yo trataba de ver a Elsa como si fuera un imán ausente que me atraía hacia su pelo castaño: en ese momento me quedó claro que le tomaba la mano a Matilde y ella trataba de verme a los ojos, mientras yo buscaba en la oscuridad desesperadamente a Elsa. Me dio coraje tampoco ver a Marcos.

Escuché la voz de Gabriel llamándonos. Recuerdo haber ¿pensado? que nos estaba invocando. Primero escuchaba sonidos separados, como los miles de trinos de los pájaros que luego se iban juntando hasta ¿entender? Que aquellos sonidos formaban la misma palabra, una sola palabra que era todos nuestros nombres por separado. No podía contestarle, no sabía si en verdad era eso lo que yo escuchaba, pero seguí oyéndolo por largo tiempo.

Entré a un mundo donde no existíamos ni yo, ni Elsa, ni Matilde, ni Marcos, sólo la certeza de unos ojos que nos estaban observando.

Cuando reaparecieron sentí una gran ansiedad al ver que besaban a Elsa. Corrí hacia ellos, pero quien la besaba no era Marcos, ni Gabriel, y Matilde me tomó muy fuerte mi mano. Me vi a mi mismo besando a Elsa, y me dio mucha envidia, muchos celos, quise matarlo. Matilde me besó como buscando un reencuentro, ella sabía que yo deseaba tanto a Elsa. Entendí lo que pasaba, pero ignoraba si un cambio se dio, o si yo siempre había sido Marcos.

A three part FUGUE

FOR CHARACTER ENSEMBLE

I am going to die. You have opened the possibility to it. (You are God). I have to tell you some things before you choose what to do with my sorry life. I will start by saying that it is not me who is writing this for you, it is you reading it to me with my own voice. I am the voice inside you.

I feel the shaking of my voice as the page is shaking now with your own pulse. It is your pulse that makes the story. It is my story. Repeat that.

There are so many choices in life. That is how it works. Although, being neurotic happened to me very naturally. I just, you know, picked here and there along the way some little bits and pieces, and things got to a point where, but nevermind, maybe for now it is good to wonder away from the subject, I don't know if I'm able to treat it in literary form while I'm looking at it (right now I am holding a mirror).

Maybe a flashback.

FIRST THE VOID

I am the character.

Repeat: _____

I am the one you're looking for. Finally you are here in front of me, looking at you, and believe me, I am sure of one thing: you are the character.

_____

I was born _____

it wasn't intentional. It just happened.

_____

My parents too were under the influence of their roots. Thanks to you and them I was born. I have been alive since I can remember, but some people say I've lived way longer than that. I couldn't say what my age is. I only know my name (it's on a tag)

:_____

But I mentioned God. I humbly ask for condescendence on the fact that at this point I still don't know you completely so I am constantly trying to imagine you. And, you see, sometimes I fuck things up. Not left, not right, not down, I just seem to fuck up. Sometimes even to my credit. Sometimes many not.

Let's proceed towards dead then. By saying this it doesn't mean I actually want it to happen, I only know it will happen.

When I set my eyes hear you are present.

I am alive.

I know that. And right now too.

So wh ever is responsible for this, Thanks a lot.

I am God.

Although trends do come and go, I tend to be the hottest shit around for most.

And I don't blame you if you feel like that too, you know. I am big mother fucking God.

No real Gods were harmed in any of the previous sentences.

It's a funny feeling, you know, all this you are me and I am you thing.

I am suspecting there is a gap in between us that explains us better than this.

It may even be reason enough to doubt who you really am.

My name, well, somebody else picked for me already.

Sometimes you just can't help that many things arrive from the past.

Or can you?

I am sure you arrive seconds. And seconds always past. I want firsts. From now on my time is made of firsts only. A first is made of everytime. You are now in everytime.

Once there was this guy who was about to tell a story about him and instead just kept whistling a song he had in mind for the past few years and couldn't keep telling the story because the whistling somehow became more entertaining or it demanded a certain deal of application from the performer, so it was either the whistling or the story, but he kept on trying both at the same time, and that always lead to a newer start.

My name is Oscar. I came here thinking it was a reality show, but there are no cameras here. Not that I know of. I understand there are more rooms. I have to describe what I see, feel, do. I wish I knew a little more information, but I will try my best to capture what appears to be happening.

In everyspace I enter multiplying into one.

I see myself from all places, except this one where I'm standing.

I am standing on all places, I am the one who I cannot see from all places.

But don't get me wrong, I am the character and death is approaching, or better put, I am approaching death, thanks to you. Let's follow through (the death of real life characterization).

I sit on a chair before a bunch of monitors that aren't actually there, showing me such amazing things. I pick all and from a list I scroll to the scene that fits the moment you are living. Of course you can have access to you own collected innerspace, from the records of the national agency for monitoring and tracking based in Winsconsin. For just about a dollar a piece you can get memory clusters of your favourite inner times.

Of course that gives me some perspective to work from, not all is lost. If only I could always hold in front of me this mirror past the point where proximity to my own proximity is not narcicistic, even if in the end that's all there is, full blown or veiled forms of it.

Everyspace and everytime. The mask has to go off, that's for sure, but which of them all? There are so many things I know and I don't know about me. There are so many things.

I am thinking. But what am I feeling? Am I in love with the world? Yes? Am I in love with humanity? Yes? But there are quarrels here and there. Can I stop the quarrelling? Yes? At least mine? I want to live. I want others to live to. I am idealistic. I have a better pictured innerworld.

I change some channels to see if I recognize any sequence I have to move on as I don't know if memory time is equal to distance time, where I was before entering this room. It's strange, although I know it's not the case, I could say I know this game as if I had played it many times before, but I am sure I entered the facilities for the first time on Tuesday so by now it might be Thursday, although all the artifacts here show many things but not a date.

Maybe what I need is a date. A nice girl to share this myriad of cosmic happenings, where I exist in a velocity of moments beyond my grasp.

Of course maybe I won't tell her that when I meet her but that's what I'll have in mind. So from now on I will try to grasp every moment or girl that comes by, as apparently seems to be the case for the past eighteen years. Oh, we are mean horny motherfuckers, that's the name of our rap gang. And that's cool, nothing against what is normal about it. But men, I tell you, there are some issues man, some issues.

So the guy instead of whistling and writing got himself a pair of headphones and some records, among them Jhonny Cash and Leonard Cohen and other singer songwriters. He thought these guys could whistle and tell a story allright, so he put the Jhonny Cash song about that guy named Sue from a joke his father played on him before leaving the house, so this guy Sue grows all tough and all for having to defend himself from the effect of such a name on a tough guy like him. On the final scenes of the song, Sue is about to kill a man, but it turns out to be his father. As Sue's father announces this, they embrace and history is changed. (The song still feeds on certain voluntary use of violence to pump the plot).

I'll better call reception, I think I've been here in this same room for so long now, maybe I haven't pressed some levers but anyhow they could from time to time tell me if I am going in the right direction, I mean, if I have been here for two days or whatever and there are some rooms I haven't been on yet. I want to go to the border of the senses and distance, and I'm stuck here on memory.

Some people have problems (the more I talk about me I start calling myself people, others, etc.) with their memory. Memory is a master that feeds on the master that feeds on the master, and all these opened windows and all these open masters are not wrong, but life is also happening and there are other monsters to look for and there you go, battling away between the masters of memory and the masters of living time.

Waiting to be love.

Is all dying violence? Is it sweet to die? My father died before. He was overcome with arthritis, something with the lungs.

My father made mistakes like all. But he gave so much. Bad thing he was neurotic also, like most people in the world. Maybe his upbringing without knowing got in the way of enjoying a more healthier fuller life. I think that sometimes made him very mad at the world. And his world was his work and us, his work on us, his great love and sacrifice and Mr. Hyde for us. He was a very loving man.

And all my memory for him right now has come to a greater stage of love, I love what I remember of my father, I am thankful for having had him as my father. I wish for me before it is too late to switch from wishing he had been different in such or such occasions and making sure I don't keep providing many more of these occasions with the people I love. It's gotten to a point where the disciple has overgrown the master.

But life keeps happening, and life is the best matter in the world. So let's all hope it brings new things, as it (not) always does.

(Vancouver, 2007)

INDICE

Un viaje a El Paso	6
En una troca negra	15
El encuentro	18
Entre ciudades	21
Wannabe	26
La plaza de los lagartos	28
Tribulación	40
El hombre del pelo interminable	41
Livingston	53
Salvar el mundo	56
A pocas horas del futuro	63
SEIS FUGAS A LA MEMORIA DE MI PADRE	**65**
Primera fuga a la memoria de mi padre	67
Deporte Cerebral	74
En una troca negra, fuga a tres partes	78
Playa	89
Las ruinas del santuario	93
A three part fugue for character ensemble	99

La frontera de metal. Jaime Romero Robledo.

Todos los derechos reservados.

Averinto Editorial

SOBRE EL AUTOR

Jaime Romero Robledo nace de causas naturales en 1974, en la ciudad de Chihuahua, México. En segundo de primaria sin querer gana un premio municipal de cuento infantil. En 1998, ya un poco más grande, deja su título de ingeniero civil para dedicarse a las letras y obtiene el Premio Chihuahua de literatura por Los cuentos de la mujer perdida. Le brindan la oportunidad de obtener una maestría en literatura hispanoamericana en la Universidad Estatal de Nuevo México, EUA. En 2003 con una residencia artística en Nueva York termina su primera novela El mundo de ocho espacios, libro primero, publicada en 2009, que en 2010 obtiene el Premio como mejor libro de narrativa publicado el año anterior en México (Premio Bellas Artes de Narrativa Colima para Obra Publicada 2010).
Es autor del libro de relatos de lectura múltiple La frontera de metal. Mientras termina unas novelas de la serie El mundo de ocho espacios, tiene un permiso de ausencia en una carrera en diseño de juegos.

Made in the USA
Middletown, DE
01 March 2017